PIERRE VÉRON

PARIS S'AMUSE

PARIS

E. DENTU, ÉDITEUR

LIBRAIRE DE LA SOCIÉTÉ DES GENS DE LETTRES

PALAIS-ROYAL, 13-17, GALERIE D'ORLÉANS.

1861

PARIS S'AMUSE

Imprimé par Charles Noblet, rue Soufflot, 18.

PARIS S'AMUSE

PIERRE VÉRON

E. DENTU, ÉDITEUR

LIBRAIRE DE LA SOCIÉTÉ DES GENS DE LETTRES

PALAIS-ROYAL, 13-17, GALERIE D'ORLÉANS.

—

1861

I

PARIS S'AMUSE

Pourquoi ce titre?

Pour n'en pas chercher un autre.

Il n'est donc pas sérieux?

Il est ou sera ce que vous voudrez. Sérieux, ironique, philosophique, anecdotique; sous son couvert on peut se livrer, selon les hasards du chapitre, à l'histoire, à la description, à la satire, à la méditation, à la nouvelle à la main... n'insistez pas, ou j'ajoute : à la statistique!

Ce titre dit tout et ne dit rien. Il autorise également la prose ou les vers; il laisse venir à lui les grosses réflexions et les petits quatrains, il permet beaucoup et promet encore davantage.

C'est plus qu'il n'en fallait pour me décider à le choisir.

Donnez-le à un dramaturge, il en exprimera des hectolitres de larmes; entre les mains d'un vaudevilliste, il sonnera le rire pendant cinq actes. Barbier en extrairait un volume d'iambes, Nadaud un recueil de chansons, M. Viennet une tragédie en cinq actes!

Dieu, table ou cuvette !

Il a tant de façons de s'amuser ce grand enfant qu'on appelle Paris !

« La France s'ennuie, » s'était écrié jadis Lamartine, et le 24 février 1848, au moment où l'émeute battait la charge aux quatre coins du Louvre, le marquis de Normamby, répondant à ce cri oublié, souriait en murmurant : *Paris s'amuse !*

Le marquis, — spirituel par exception, — fit bien de placer son mot ce jour-là. Depuis il lui serait resté pour compte, — en tant que mot politique, bien entendu.

En revanche, que d'applications il a conservées dans la vie quotidienne ! Regardez et entendez !

On se pousse, on se heurte, on s'étouffe, on se pâme. — Au centre du cercle, deux dames s'évertuent aux sons d'un quadrille cuivré à insinuer leur bottine dans l'œil de leurs cavaliers..... Hier elles gardaient les dindons, à présent c'est le contraire.... Bravos enthousiastes, trépignements... *Paris s'amuse.*

Douze cents personnes des deux sexes sont empilées dans les cases trop étroites d'une cage où le gaz aveugle, où la crampe torture, où l'air suffoque, où l'apoplexie rôde, où la tirade asphyxie... *Paris s'amuse.*

Le tapis vert est jonché de porte-monnaie. La nuit s'avance. Les bougies vacillent. Les visages blémissent. Les mains tremblent. La police guette. Hommes et femmes sont brûlés par la fièvre, dévorés par la convoitise, suspendus par la crainte... *Paris s'amuse.*

Une chope, deux chopes, trois chopes... une demi-tasse,

deux demi-tasses, trois demi-tasses... un petit verre, deux
petits verres, trois petits verres... le tabac épaissit les cerveaux, la bière épaissit les langues, les dominos craquent,
les yeux clignent, le journal du soir circule... *Paris s'amuse.*

Je lève fin courant... je prends cent primes dont deux
sous... Qui veut des Autrichiens?... On monte, on baisse, on
baisse, on monte... A propos, X. a pris la fuite... R. s'est tué
ce matin... Z. est arrêté... *Paris s'amuse.*

— Où courez-vous donc? — Parbleu! à l'enterrement de
cette fameuse actrice, vous savez bien. Ce sera charmant.
Des notabilités à la douzaine, une musique superbe, des discours premier choix. Venez donc, ça pose. — Vous avez raison, en route!... *Paris s'amuse.*

Une place plantée d'arbres lugubres ; au milieu, une
machine aux bras rouges; autour de la machine, un cordon
de troupes luttant de toutes ses baïonnettes contre l'envahis-
sement de la curiosité; derrière le cordon, un cercle compacte
d'amateurs : des blouses, des paletots, des bonnets, des chapeaux; des maris avec leurs femmes, des mères avec leurs
enfants. Une porte s'ouvre, un spectre s'avance ou plutôt se
traîne ; les rires, les cris, les calembours s'interrompent ; le
spectre gravit l'escalier, puis..... *Paris s'amuse.*

Paris s'amuse à pied, à cheval, en voiture; *Paris s'amuse*
le jour, la nuit, le matin, le soir; *Paris s'amuse* en faisant
le bien, en faisant le mal; en dupant, en étant dupé; en
riant, en pleurant; en flânant, en travaillant; en créant, en
détruisant ; en se ruinant, en brûlant, en mourant.

Paris s'amuse même en s'ennuyant, — ce qui nous rassure
l'Académie et moi.

II

AMUSEURS ET AMUSÉS

En toute entreprise, il est bon de commencer par se tracer un plan, — ne fût-ce que pour avoir la satisfaction de s'en écarter.

Je tiens trop à cette satisfaction-là, pour omettre, au début de ce livre, la classification préliminaire. Un savant n'y manque jamais et je serais si fier d'être pris pour un savant !

Ne trouvez-vous pas, comme moi, qu'à Paris la population peut se partager en deux grandes divisions générales ? D'un côté, les amuseurs, de l'autre, les amusés ; les uns qui vendent le plaisir, les autres qui l'achètent.

Tout n'est pas rose dans le métier de vendeur, tout n'est pas lis dans le métier d'acheteur. A celui-là on use son esprit, son talent, son génie peut-être; à celui-ci on use son temps, sa santé, sa vie même. Car les plaisirs de Paris, semblables à ceux du roi de Victor Hugo, — un roi qui s'amusait aussi, — ces plaisirs sont souvent tachés de lie, de boue, de sang.

N'importe !

Le travail à Paris, c'est l'accessoire, le plaisir, c'est le principal. Le superflu, chose si nécessaire ! soupirait Voltaire, un Parisien mort sans héritiers.

Mais si tout le monde rentre de plein droit dans l'une des divisions ci-dessus énoncées, que de subdivisions !

A vingt ans, on s'amuse autrement qu'à trente, à trente autrement qu'à quarante, à quarante autrement... Je pourrais continuer ainsi jusqu'à cent, le *Constitutionnel* affirmant chaque matin l'existence de quelque centenaire, — en annonçant sa mort.

Et les nuances sociales du plaisir ! et les abîmes qui séparent les joies de l'indigène de celles du provincial ou de l'étranger ! et les variétés qu'un naturaliste signalerait d'un quartier à un autre ! et les changements qu'apporte la marche du temps !

En sept années, au dire de la physiologie, un homme est entièrement renouvelé de la tête aux pieds, de la plus petite fibre à la plus grosse artère. Il n'en faut pas tant à Paris pour faire peau neuve.

Les Français peints par eux-mêmes de 1842 ne sont pas plus les Français de 1861 qu'un Espagnol contemporain ne ressemble à Don Quichotte. Et encore !

Ne m'en veuillez donc pas de refaire ce que tant d'autres ont fait ; une photographie est sitôt prise, — et s'efface si vite !

III

L'AMOUR A PARIS

A tout seigneur tout honneur.

Notre intention n'est pas de tracer ici une physiologie de l'Amour, mais omettre le nom de ce gamin mythologique dans la liste des plaisirs parisiens, ne serait-ce pas commettre un acte de lèse-galanterie?

A lui donc la première place, — quoique nous devions le rencontrer, lui ou son ombre, dans plus d'un autre chapitre.

> Ah! que l'amour est agréable!
> Il est de toutes les saisons...

chante une romance dont l'auteur est resté anonyme à force de popularité.

La romance aurait pu ajouter que l'amour est de tous les pays. Mais avec combien de variations ce Paganini ailé ne module-t-il pas sur une corde toujours la même?

De l'amour rêveur de la blonde Germanie à l'amour rageur de la brune Andalousie, de la passion somnolente de l'Esquimau aux ardeurs bouillantes du Brésilien, mesurez la gamme chromatique.

Sans même aller si loin, sans quitter notre Paris, quelles énormes distances séparent au point de vue sentimental chacun des arrondissements dont se compose la capitale de toutes les Frances, — le vingt et unième compris!

Une carte amoureuse de Paris est encore à faire, et le géographe qui mènerait à bonne fin une œuvre aussi colossale mériterait à juste titre d'être surnommé le *lion de l'Atlas*.

En attendant ce Malte-Brun de l'avenir, si nous essayions un simple croquis?

Vous ne dites pas non, — alors je dis oui.

IV

LA CARTE DE L'AMOUR

AU FAUBOURG SAINT-GERMAIN.

— Approchez, ma fille, j'ai à vous entretenir de choses sérieuses. Avez-vous remarqué cet hiver dans les salons M. le marquis de ***?

— Je ne me le rappelle pas, ma mère.

— Un homme charmant et un gentilhomme accompli.

— N'est-ce pas lui dont la perruque s'était dérangée l'autre soir, dans le feu d'une conversation politique?

— Ma fille, le marquis de*** descend des croisés.

— Il me semble, en effet, me souvenir... il se teint les favoris?

— Le marquis a eu un ancêtre tué à côté de Godefroy de Bouillon.

— Son visage est sillonné de rides.

— Une de ses aïeules avait un tabouret à la cour de Louis XV.

— Il a au moins soixante ans.

— Son grand-père était à Coblentz.

— Je gage qu'il en a bien soixante-cinq.

— Son neveu a combattu à Castelfidardo.

— Dieu qu'il est laid !

— Ma fille, vous l'épouserez dans un mois.

— De grâce...

— Allez, ma fille, j'assure votre bonheur... Un descendant des croisés !

A LA CHAUSSÉE-D'ANTIN.

— Dis donc, connais-tu cette petite brune?

— Où ça?

— Qui danse avec ce gros court?

— Parfaitement.

— Elle est charmante.

— Peuh ! pas un liard de dot.

— Et cette grande blonde !

— Un million, mon bon, mais une laideur !

— Mon cher, je sens que j'en suis amoureux fou.

— De qui ? de la petite brune?

— Eh ! non ! de la grande blonde.

— A la bonne heure ! gaillard, va !

AU QUARTIER BRÉDA.

— Deux cachemires en un jour !... Celui de Paul est plus beau, mais Léon m'a promis un mobilier en palissandre et Paul n'en est qu'à l'acajou.

Il est vrai que Léon n'a pas comme Paul un vieil oncle sur la planche; mais en revanche Paul n'a pas comme Léon une cousine septuagénaire et économe.

D'un autre côté Paul... oui, mais Léon...

Mon Dieu! qu'une pauvre femme est malheureuse quand elle n'a pas un homme d'affaires pour diriger les élans de son cœur.

Lequel choisir?...

Allons donc! suis-je assez sotte de me casser la tête... Je choisis... tous les deux!

AU MARAIS.

— Madame Papavert!

— Monsieur Papavert!

— Oserai-je vous offrir l'étrenne de ma barbe?

— D'où vient, monsieur, que vous êtes rasé de si bonne heure? Je ne sais, mais votre conduite me paraît suspecte depuis quelque temps. Hier encore vous avez perdu, m'avez-vous dit, soixante centimes au domino...

— Certainement, au café Turc.

— Le café Turc me semble louche... Entretiendriez-vous quelque ballerine?

— Madame!... un homme comme moi, qui pourrait être père de famille...

— Grand-père...

— Grand-père, soit... Embrassez votre petit trésor et demandez-lui pardon... Vous avez donc oublié que c'est aujourd'hui l'anniversaire de notre mariage?

— Vous y avez donc pensé, vous?

— A preuve que j'ai là deux premières galeries pour le théâtre Beaumarchais et un gâteau d'amandes pour notre dessert...

— Des folies, monsieur.

— Il y a vingt-sept ans, madame Papavert... quel beau jour !

— Ah !

— Te rappelles-tu, Virginie, la chambre vert pomme?

— Eusèbe!... mauvais sujet !

AU JARDIN DES PLANTES.

— Que le gros blanc, mamzelle Françoise, il est un ours des mers étrangères.

— Il a l'air joliment féroce.

— ... Que l'animal, au contraire, il est nonobstant susceptible des perfectionnements de l'éducation ; qu'il se nourrit vitalement et indistinctement de légumes fraîches et de viandes qui le furent.

— Vous connaissez donc la botanique, monsieur Bridet?

— Que ma famille elle a fait pour ça assez de sacrifices dans mon jeune âge, et que si je n'avais pas tombé au sort...

— Et vous dites qu'on peut lui apprendre toutes sortes de choses à cette bête?

— Comme à vous et à moi. Qu'il me souvient d'en avoir vu un dans une fête qu'il désignait impérativement le plus amoureux de la société... Ah ! mademoiselle Françoise... Ah ! mamzelle !

— Qu'avez-vous donc?

— Qu'il ne serait pas embarrassé pour le trouver ici le plus amoureux, qu'il n'aurait pas à chercher bien loin, ni vous non plus, sauf votre respect... que le jour où je vous ai vue près du boa constructeur, mon cœur il a intempestivement...

— Monsieur Bridet, vous ne voudriez pas tromper une faible femme.

— Ange adoré, que tu m'as compris. A la vie, à la mort !

AU GROS-CAILLOU.

Un invalide et une matrone coiffée d'un foulard rouge.

— Te voilà ! D'où viens-tu, coureur? Où est ta ration ?... Le compte n'y est pas, tu auras bu à même la bouteille.

— Sophie, foi de Mathias qu'est mon nom, aussi vrai que j'étais à Austerlitz...

— Tais-toi et marche droit, si tu peux. La première fois que tu n'apporteras pas ton compte...

— Sophie, aussi vrai que j'y étais à Austerlitz... C'était le 2 décembre... un soleil superbe... Pour lors le général...

Les voix se perdent dans l'éloignement.

AU QUARTIER LATIN.

— Tu sais bien, la petite Adèle?

— Celle qui a été avec Jules avant de connaître Armand qu'elle avait quitté pour Gustave, après sa rupture avec Georges.

— Une fille, mon cher, qui danserait un lancier sur la pointe de l'obélisque.

— Eh bien !

— Eh bien ! elle m'adore.

— C'est donc cela que je l'ai rencontrée ce matin avec Charles.

AU FAUBOURG SAINT-MARCEAU.

Deux chiffonniers dialoguent auprès d'un comptoir.

— Père Putois, vous allez rire. A nos âges !

— Quoi donc, papa Cabassol ?

— C'est plus fort que moi ! Une femme magnifique.

— Bah !

— Tenez, la v'là qui passe. Comme ça porte le crochet avec élégance !

— Le fait est que...

— Une poigne de carabinier ! un estomac à avaler un *cin-tième* d'un trait. Oui, monsieur. Quand je vous dis que je l'ai vu de mes yeux. Sans compter que pour le travail, une vraie perle. Ça chiffonne d'inspiration, quoi !

— Et vous croyez que...

— Satané père Putois ! Il n'y a que lui pour avoir de ces chances-là... Encore un *mêlé*, la bourgeoise.

*
* *

Total : intérêt et ridicule.

> Rien que des intrigues mesquines,
> Jeux des sens, sans ardeur, sans foi ;
> Adultères de citadines
> Que punit chastement la loi ;

Rien que du plaisir tant la bribe
Offert à l'acheteur banal,
Ou des dénoûments à la Scribe :
Mariage et couplet final.

Serait-ce donc là le dernier mot de l'amour à Paris? J'en ai peur, si peur que par ce temps de plaisirs de marbre je prends la liberté de signaler à un philanthrope de bonne volonté le projet d'un livre dont le besoin se fait généralement sentir.

V

LE MANUEL DU BACCALAURÉAT ÈS-BICHES

L'Université, — que Lhomond la protége ! — entreprend tous les ans la confection d'un certain nombre de bacheliers à qui elle s'est chargée d'enseigner, tant bien que mal, le grec, le latin et le reste.

Mais hélas ! ces connaissances, fort respectables d'ailleurs, sont une bien triste armure pour préserver des horions le jeune homme qui entre sans autre défense dans la mêlée de la vie.

Il est un point surtout, — véritable talon d'Achille, — par lequel, dans une ville comme Paris, le néophyte se trouve exposé aux plus redoutables attaques.

Depuis l'acclimatation de cette triste subdivision de l'espèce féminine que par antiphrase sans doute on a décorée du sur-nom de *biche,* à quelles embûches n'est point exposée l'inex-périence juvénile des candeurs de vingt ans ?

De là l'idée du livre en question.

Pourquoi ne ferait-on pas pour le cœur ce que les mentors de l'école normale font pour l'intelligence ?

L'ouvrage serait intitulé : *Manuel du baccalauréat ès-biches,* car celui qui le posséderait et se serait pénétré de sa substance aurait droit à un diplôme de science pratique.

N'est-il pas vrai que c'est une idée féconde?

Pour mieux justifier le titre, l'auteur suivrait pas à pas la méthode adoptée par les manuels analogues.

Le baccalauréat universitaire commence par l'épreuve écrite. Le mien se conformerait à l'usage et commencerait par l'épreuve de

LA VERSION.

Comme vous le supposez, les langues mortes n'y figureraient sous aucune forme.

Le texte des versions se composerait exclusivement d'un choix de lettres puisées dans la correspondance des Sévignés de Lorette.

En regard on placerait la traduction, et après en avoir traduit une dizaine, on déchiffrerait les autres à poulet ouvert.

Exemple :

Texte. — « Mon bon chéri,

« Voici trois longs jours que tu me laisses seule et je dessèche du désir de te voir. Tu ne te doutes pas des angoisses que causent à un cœur aimant trois journées d'absence. C'est demain le 15, l'anniversaire de notre rencontre, ne manque pas de venir dès le matin. Il me tarde de te répéter que

« Je t'aime.

« CÉCILIA. »

Traduction. — « Mon cher pigeon,

« Tu es resté trois jours sans venir et j'en ai profité pour aller au Château des Fleurs que ta stupide jalousie m'interdit. Je me passerais bien de te voir, mais tu ne te doutes par des angoisses que causent à une locataire les approches du terme. C'est demain le 15, l'anniversaire des quittances immobilières, ne manque pas de venir dès le matin. Il me tarde de sentir dans ma poche les 150 francs dans l'espoir desquels je te salue.

« CÉCILIA. »

Convenez qu'après trois mois de cet exercice on n'aurait plus rien à apprendre.

Passons à l'examen oral, — formulé, comme il est convenu, par demandes et par réponses.

En premier lieu viendrait :

L'HISTOIRE.

Demande. — Quelle est la date de l'avénement de la dynastie des biches?

Réponse. — Elle se perd dans la nuit des temps, mais son règne n'a commencé sans partage qu'en 1830.

D. — Quelle est sa forme de gouvernement ?

R. — Despotique.

D. — Par quoi se distingue-t-elle surtout ?

R. — Par la rigueur des impôts.

D. — Compte-t-on des batailles dans cette histoire ?

R. — La plus célèbre est la bataille du bois de Boulogne

livrée contre les honnêtes femmes. La victoire est définitive-
ment restée aux biches qui y tiennent le haut du macadam.

LA GÉOGRAPHIE.

D. — Quelles sont les bornes du royaume des biches ?

R. — Au nord, la bêtise humaine ; au sud, la vanité ; à l'est,
l'esprit d'imitation ; à l'ouest, la prison pour dettes.

D. — Quelles en sont les principales productions ?

R. — Il ne produit pas, il consomme.

D. — A quoi s'occupent ses habitantes ?

R. — A tondre les moutons.

L'ARITHMÉTIQUE.

D. — Quelle est la notion fondamentale de l'arithmétique
des biches en fait d'addition ?

R. — La faire payer.

D. — En fait de soustraction ?

R. — Je fais poser les zéros et je retiens tout.

D. — Sur la division ?

R. — L'introduire dans les familles.

LA GÉOMÉTRIE.

D. — Quelle est la définition géométrique du cœur d'une
biche ?

R. — Un cercle dont le centre est partout et dont la circon-
férence n'est nulle part.

D. — Quelle définition donne des parallèles la géométrie des biches?

R. — Le gros brun et le petit blond dont on prolonge indéfiniment les illusions sans qu'ils se rencontrent jamais.

LA PHYSIQUE ET LA CHIMIE.

D. — Énoncez la principale loi de la physique des biches.

R. — L'estomac a horreur du vide.

D. — Quels ingrédients la chimie des biches fait-elle entrer dans la composition de l'or?

R. — Le sentiment, les serments, les marchandes à la toilette, les reconnaissances du Mont-de-Piété, etc., etc.

*
* *

Ces aperçus rapides suffiront, j'en ai l'assurance, pour convaincre le philanthrope à qui je fais appel de l'excellence de mon idée.

Quant aux jouvenceaux assez candides ou assez fats pour ne pas se défier, nous les engageons à méditer le chapitre suivant.

VI

LE BUDGET D'UN CŒUR

Il est des gens qui poussent ici-bas l'esprit d'ordre et de comptabilité jusqu'à ses plus extrêmes limites.

De ce nombre était un brave garçon dont le hasard me fit perpétrer, je ne sais plus où, la très-curieuse connaissance.

Charbonnel, — c'était son nom,—était ce qu'on appelle un homme réglé comme un papier de musique.

Toujours porteur d'un agenda sur lequel il inscrivait jusqu'aux plus minces détails de sa vie privée, il ne se levait, ne mangeait, ne sortait, ne vaquait à ses affaires que d'après le programme qu'il s'était tracé la veille. Ce qui ne l'empêchait pas, par une sorte de fatalité, d'être l'homme le plus inexact des 89 départements.

Le seul rendez-vous auquel il ne manqua pas fut celui de la mort, — probablement parce qu'il n'avait pas eu le temps d'en faire mention sur son calepin.

Toujours est-il qu'un beau matin Charbonnel trépassa et,— comme il trépassait sans famille, — ce furent ses amis qui se trouvèrent chargés de dépouiller les papiers posthumes de cet excellent camarade.

Opérer ce dépouillement n'était pas,—vu la manie de Charbonnel,—une mince besogne. Il laissait après lui des in-folios de notes, de *memento,* de..... je saute par dessus l'énumération.

Un seul de ces cartulaires nous a semblé digne de passer à la postérité. Il était précieusement enveloppé dans un coin du secrétaire et attira tout d'abord nos regards.

Le titre ne fit que surexciter notre attention. Enfin, ce fut avec la plus vive curiosité que nous lûmes d'un bout à l'autre le document suivant, transcrit ici sans additions comme sans commentaires.

BUDGET DE MON COEUR.

> Amour! amour! tu ne m'as
> jamais valu qu'un baiser et
> vingt coups de pied.....
>   VOLTAIRE.

AMÉLIE.   MOIS DE MAI 18...

ACTIF.— Avoir rencontré ce matin (1er) dans un wagon du chemin de fer d'Orsay une charmante jeune personne. Ses yeux étaient bleus et baissés avec une modestie sans exagération, ci . . . . Un regard enchanteur.

D°. — A la première station, elle s'est plainte du froid et m'a prié, avec un sourire divin, de fermer la glace de mon côté, ci . . . . Un sourire de jolie femme.

D°. — Par un habile détour, j'ai profité de ce premier

mot pour engager une adroite conversation à laquelle on a daigné répondre, ci . . . . Douze minutes adorables.

D°. — A la quatrième station, mon vis-à-vis est descendu. J'allais à Orsay, mais mon cœur était pris, je n'ai pu résister au désir de la suivre (1). Je suis descendu derrière elle, elle s'est retournée avec une grâce mutine, ci . . . . . . · . .

. . . . Avoir palpité pour la première fois.

Passif.—Un billet de première classe pour Orsay, ci 2 fr. 40

D°. — Avoir déjeuné et dîné dans une auberge du village où elle s'est arrêtée, village dont les aubergistes sont des brigands travestis, ci . . . . 22 fr. 40

D°. — Avoir été obligé de coucher dans ladite auberge, mon inconnue n'ayant pas jugé à propos de s'apercevoir que je l'attendais, et ayant séjourné jusqu'au lendemain dans la maison qui l'abritait, ci . . . . 4 fr. »»

D°. — Avoir pris plusieurs demi-tasses pour tromper le temps et mon effervescence, ci . . . . 3 fr. 20

D°. — Avoir manqué l'affaire qui m'appelait à Orsay, ci . . . . 1,230 fr. 10

Actif. — Avoir escorté mon inconnue pendant vingt jours durant lesquels elle m'a regardé cinq fois, ci . . . . .

. . . . Cinq regards et une centaine d'émotions.

Passif. — Frais de voitures, de billets de théâtre, de pourboires donnés à son concierge, de commissionnaires, ci   128 fr.

---

(1) Voir, pour plus amples détails, le chapitre des *Suiveurs.*

Ⓖ

MOIS DE JUIN 18...

ACTIF. — Avoir reçu une réponse de sa main adorée, réponse défavorable, mais dans laquelle je persiste à voir un encouragement, ci . . . . . Une lettre de femme et une illusion.

PASSIF. — Avoir commandé à un tailleur les costumes les plus variés, afin de la subjuguer par ma mise, ci   1,930 fr. 90

D°. — Avoir assisté à dix drames des théâtres du boulevard (elle aime les drames à ce qu'il paraît), ci . . . . . .
. . . . Evaluation impossible.

Ⓖ

MOIS DE JUILLET 18...

ACTIF. — Zéro, ci 0,00

PASSIF. — Elle est mariée, ci, ... Un désespoir.

D°. — Son mari est tombé chez moi ce matin, ci . . .
. . . . Une querelle.

D°. — Je me suis battu avec lui, ci . . . .
. . . . Un coup d'épée dans le bras.

D°. — Frais de déplacement, déjeuner à mes témoins, location d'armes, honoraires du médecin qui m'a soigné, ci . . . . 612 fr. 35

Ⓖ

JULIA.   ·   MOIS DE JANVIER 18...

PASSIF. — Avoir dansé, au bal de la comtesse de R***, avec une jeune fille de la plus merveilleuse beauté. L'avoir entendue

me dire avec une voix musicale : Mon Dieu! qu'il fait chaud
ici! Avoir tenu son éventail. Avoir ramassé son mouchoir
qu'elle avait laissé tomber, ci . . . .

. . . . Quatre bonheurs et un amour naissant.

PASSIF. — Avoir fait la partie d'écarté de sa mère et avoir
entendu son père, ancien fabricant de sucres, m'exposer la
théorie de la canne et de la betterave, ci. . . . Deux corvées.

D^o. — Payé douze fois à dîner à un monsieur qui est
reçu dans la maison. — Ce monsieur a un très-fort appétit,
ci . . . . 215 fr. 05

ACTIF. — Avoir été présenté dans la maison. Voir Julia tous
les jours. L'accompagner avec ses parents dans le monde, à
l'Opéra, ci. . . . . Trois semaines de félicité.

PASSIF. — Écartés et théories des sucres à jet continu,
ci. . . . . 87 heures de supplice.

D^o. — Frais de loges, de coupés, de gants, de cravates
blanches, ci. . . . . 290 fr. 40

ACTIF. — Julia est un ange. Elle m'aime. J'ai demandé sa
main, ci. . . . . Le bonheur de ma vie.

PASSIF. — Démarches aux mairies. Commandé une cor-
beille. Frais divers, ci. . . . . 6,920 fr.

D^o. — Avoir surpris, en attendant au salon, le jour de la
signature du contrat, une contestation entre Julia et son père.
« Surtout, disait-elle, fais bien mettre dans le contrat que les
biens sont au dernier survivant. — N'aie pas peur, répondait
le père, comme il n'a pas l'air solide de poitrine..... » Je

n'en ai pas voulu entendre davantage. Tout est rompu,
ci . . . . Une humiliation.

ERNESTINE.   Mois de novembre 18...

Actif. — Avoir rencontré au Casino Cadet une créole aux
yeux fascinateurs. J'ai été galant. On m'a écouté avec complaisance, ci. . . . . Une soirée délicieuse.

Passif. — Sucres de pomme, bouquets, rafraîchissements,
parties de billard anglais, souper, ci. . . . . . 143 fr. 10

Actif. — Avoir goûté les charmes d'un tutoiement séduc-
teur, ci. . . . . Un paradis.

Passif. — Un manchon, un manteau de velours, ci. 1,900 fr.

Actif. — M'être fait jurer qu'elle n'avait jamais aimé que
moi, ci. . . . . Une fatuité.

Passif. — Une robe moire antique, ci. . . . . 373 fr.

Actif. — M'être entendu appeler : Mon gros. . . .
ci. . . . . Un commencement de joie.

Passif. — Elle a dit : « Mon gros Albert, » et je me nomme
Jules, ci. . . . . Un accès de fureur.

D°. — Ernestine m'a mis à la porte. Dettes arriérées à
solder, ci . . . La fin du roman et un emprunt de 4,900 fr.

PAULINE.   Mois de février 18...

Actif. — Une fille du peuple. Ravissante sous ses simples
atours. Je la crois blanchisseuse. Tant mieux ! Celle-là n'a pas

2

été habituée au luxe. C'est une âme primitive comme je la souhaitais, ci. . . . . Une espérance.

PASSIF. — Blanchissage du mois (elle est décidément blanchisseuse et je n'ai pas voulu vérifier la note), ci.   193 fr. 75

ACTIF. — Chanté en duo d'amour : *Une chambrette et son cœur*, ci. . . . . Une invraisemblance.

PASSIF. — Coudoyé, rue de l'Odéon, Pauline au bras d'un hussard. . . . .

Le budget de l'ami Charbonnel n'allait pas plus loin, la mort l'avait sans doute interrompu en empêchant l'auteur de faire l'addition et de tirer une conclusion.

Nous laissons au lecteur le soin d'opérer l'une et de suppléer à l'autre.

VII

LES THÉATRES

Malgré des concurrences plus ou moins redoutables, le théâtre est resté et restera l'un des chefs de file du plaisir parisien.

Demandez, faites-vous servir ! Il y en a pour tous les goûts et pour toutes les bourses.

Si j'avais seulement un soupçon de prétention historiographique ou archéologique, je me jetterais sur cette occasion pour introduire ici un tableau rétrospectif et comparé, — les tableaux en pareil cas sont toujours aussi rétrospectifs que comparés, — du théâtre chez les anciens et les modernes.

Je pourrais encore, en dévalisant Dulaure à plume armée, vous dire combien de moellons sont entrés dans la construction de chaque salle, la date de sa naissance, le nombre et le prix des places.

Il faut que tout le monde vive.

Je laisse cette littérature palpitante aux prospectus des magasins de confection, qui les débitent sur la voie publique pour rien, — un peu plus qu'elle ne vaut.

Un simple et rapide coup d'œil nous suffira pour prendre la mesure de l'intelligence des spectateurs, en appréciant la qualité du spectacle.

En ce temps de déclassement général, en cette époque de Babel où les lignes de démarcation vont partout s'effaçant, il n'est peut-être pas inutile de chercher à établir un peu d'ordre dans ces imbroglios.

VIII

PHYSIOLOGIE DES THÉATRES PARISIENS

LE THÉATRE DE L'OPÉRA.

L'Opéra, *le grand* Opéra, comme l'indique orgueilleusement la pompeuse épithète accolée à son nom par les provin-
ciaux, est un théâtre de qualité, une altesse musicale qui,
comme tout gentilhomme qui se respecte, vit de ses revenus
et possède de belles et bonnes rentes. Bien lui en a pris, car
sans cela Sa Grandeur aurait, par ma foi, été exposée plus
d'une fois à mourir de faim.

Mon Dieu, oui! cela est humiliant à dire, mais, cela est, et
si l'État ne s'occupait sans cesse de verser ses écus dans la
caisse des Danaïdes de monseigneur, monseigneur aurait
risqué de faire banqueroute comme le premier épicier
venu.

Le répertoire de l'Opéra se divise en deux parties bien tran-
chées, la musique et la danse, le chant et le ballet : l'une qui
parle au cœur, l'autre qui parle aux yeux ; quoique par le

chemin des yeux le ballet arrive souvent plus vite que la musique à l'adresse du cœur. — Demandez plutôt aux binocles de l'orchestre!

La musique est le fond du répertoire de l'Opéra. C'est sur elle que reposent pour les deux tiers ses destinées; c'est elle qui par conséquent doit faire les deux tiers des frais.

Mais les exigences du luxe moderne! mais les pompes de la mise en scène! mais *au prix où est le ténor!*

Songez donc qu'un premier sujet se débite actuellement à cent francs la note! Si cela continue, il ne faut pas désespérer de voir se former des sociétés par actions pour exploiter un *ut de poitrine* en commandite.

Devinez-vous d'ici les précautions du gérant pour épargner au fonds social les bronchites et les courants d'air! Entendez-vous crier à la Bourse : « A 105,50 le ténor de force! A 91 les barytons fusionnés! Qui lève de la prima donna, prix courant? » Cela sera charmant, n'est-ce pas?

En attendant les monstrueuses prétentions de quiconque possède dans le larynx un gargarisme plus ou moins réussi, sont pour notre première scène lyrique une cause incessante d'épuisement.

Je me suis pourtant laissé dire qu'il fut un temps où des artistes tels que Laïs, Dérivis, Nourrit, madame Branchu, se contentaient de quelques milliers de francs, et n'en chantaient pas plus mal. Les vieillards prétendent même qu'ils chantaient mieux.

Allez proposer aujourd'hui à mademoiselle X 20 ou 30,000 francs par an! Pour réponse, elle vous épousera au nez un boyard quelconque.

Allez offrir au ténor Z le traitement d'un sénateur. Il vous proposera un cartel.

Et l'on s'étonnerait, après cela, que l'Opéra ait tant tiré la subvention par la queue! Moi je ne m'étonne que d'une chose, c'est que la queue ne lui soit pas déjà restée dans la main.

Je sais, parbleu! que l'on va beaucoup, que l'on va surtout à l'Opéra par genre; pour dire : « J'ai ma loge, » pour exhiber des épaules fraîchement peintes ou une coiffure nouvelle, pour montrer des diamants achetés avant-hier ou une décoration reçue la veille.

Je sais que la 200e de *la Favorite* est tout simplement pour madame la première d'un collier de chez Janisset ou le début d'un râtelier osanore.

Je sais que l'Opéra est le caravansérail de cette population flottante qui prend Paris pour une auberge.

Je sais que le désir d'être vu fait plus que le plaisir d'entendre. Je sais aussi qu'il reste comme auxiliaire à la recette le ballet et le corps de ballet! Les protégés et les protecteurs! Les jupes courtes et les bras longs! Les mollets de ces dames et les lorgnons de ces messieurs! Les coulisses et les coulissiers!

Je sais tout cela,—mais m'offrît-on tous les *Tannhauser* du monde, je ne voudrais pas être à mes risques et périls directeur de l'Opéra.

Puisse l'avenir me donner un démenti.

LE THÉATRE DES ITALIENS.

Si l'Opéra fut le purgatoire des directeurs, les Italiens en sont l'enfer.

Lasciate ogni speranza!..... Préparez-vous à cultiver l'art d'élever les ténors et de vous en faire plusieurs mille livres... de déficit, vous qui entrez dans le cabinet directorial des Italiens.

Le ballet et la subvention en moins; calculez!

Le public des Italiens est trop connu pour que je tente de le décrire. Un homme d'esprit a dit il y a longtemps : Le théâtre Ventadour n'a pas de *claque*, il a une *clique*.

Clique de haut parage ou de haute finance. Blasons et écus, — la puissance du passé et la puissance du présent.

Quant au répertoire : voir celui de 1835, Verdi à part. Ce n'est pas neuf, mais il paraît que ça fait toujours plaisir.

LE THÉATRE DE L'OPÉRA-COMIQUE.

La bourgeoisie de la musique, le tiers-état du dilettantisme. Toilette montante. Depuis que les maîtres se taisent, les élèves ont voulu hausser le ton. Nous leur conseillerions de relire Hérold et d'apprendre la fable de la *Grenouille qui veut se faire aussi grosse que le bœuf*, — si jamais conseil avait converti personne.

Le touriste de Pithiviers n'a pas encore désappris le chemin qui mène à Feydeau (*sic*). Le Parisien commence à n'en avoir plus qu'un vague souvenir. La mémoire lui reviendra peut-être — avec le temps.

LE THÉATRE-FRANÇAIS.

Théâtre constitutionnel. Le directeur règne, — et ne gouverne pas. Ministres : messieurs et mesdames les sociétaires.

Joue Molière, mais reprend Dancourt! Conserve Beaumarchais, mais empaille les *ducs Job*.

Recommandé aux physiologistes désireux de faire des études sur la calvitie, — surtout les soirs d'alexandrins.

Dernier sanctuaire de ce type perdu qu'on appelait *l'habitué*. En somme, le premier théâtre littéraire de France. Je ne sais pas pourquoi je m'y enrhume.

LE THÉATRE DE L'ODÉON.

J'aime l'Odéon.

La déclaration est brutale et insolite. Tant pis! J'aime l'Odéon! je l'aime parce qu'on y siffle de bon cœur et parce qu'on y applaudit de conviction. Je l'aime parce que le public y a conservé la foi littéraire. Je l'aime parce qu'on y sent la jeunesse. Je l'aime parce que les débutants y trouvent de loin en loin asile et protection; parce qu'on pourrait écrire sur sa porte: *Secours aux noyés de la littérature*. Je l'aime parce qu'on l'a bafoué, traîné sur toutes les claies du calembour, houspillé avec toutes les houssines de la rengaine joviale.

Je l'aime parce qu'il est banal de le détester.

Je l'aime quoiqu'il ait tenu la *Bourse* sur les fonts baptismaux, — quoique le Conservatoire déverse dans son sein le trop-plein de ses lauréats, quoique son orchestre essaie de jouer des polkas, — quoique... quoique... quoique...

J'aime l'Odéon !

LE THÉATRE-LYRIQUE.

Nous entrons dans la deuxième classe des théâtres de Paris. La classe de ceux qui sont forcés de vivre de leurs propres revenus; classe militante, par conséquent.

En tête le Théâtre-Lyrique.

Un faux bonhomme. Il veut jouer à l'Odéon musical et pris pour devise : *Laissez chanter chez moi les petits enfants du contrepoint.*

Ces petits enfants s'appellent Mozart, Glück, Weber, Gounod et *tutti quanti.*

Pour le punir on lui a bâti un mausolée sur la place du Châtelet. — Attrapé !

LE THÉATRE DU GYMNASE.

Théâtre mitoyen, — sorte de trait d'union entre les Français et le Vaudeville, produit incestueux du sérieux et du comique, de la tirade et du couplet.

Du moins était-ce ainsi à l'époque de filandreuse mémoire où florissaient les généraux anodins et fraîchement décorés, récitant des déclamations à des veuves en bas âge ; — où, Scribe étant dieu, l'air de *T'en souviens-tu* était son *Prophète ;* — où du haut du ciel, leur demeure dernière, les colonels étaient toujours contents.

Aujourd'hui le Gymnase a fait volte face. Il s'est lancé dans la comédie en cinq actes.

Le flonflon tombe, le succès reste et le répertoire Scribe s'évanouit.

LE THÉATRE DU VAUDEVILLE.

Protée fait spectacle.

Lundi, théâtre à grelots ; mardi, théâtre à pamphlets ; mercredi, théâtre à hoquets ; jeudi, théâtre à Desgenais ; vendredi, théâtre à.... Samedi, c'est aujourd'hui et je ne suis pas bien sûr que Protée ait fait son choix.

Le Vaudeville, c'est un peu ce Français qu'on représentait tout nu avec une pièce d'étoffe sous le bras, — attendant que la mode se décide à ne plus changer.

Couvrez-vous donc, de grâce !

LE THÉATRE DES VARIÉTÉS.

De janvier à avril, une revue, d'avril à juillet, une féerie, de juillet à octobre, une féerie, d'octobre à janvier, une revue.

Quand on a fini, on recommence.

LE THÉATRE DU PALAIS-ROYAL.

Si le sens commun était jamais banni du reste de la terre, je ne lui conseillerais pas de venir chercher un refuge au théâtre du Palais-Royal.

Défense de raisonner.

Débauche de coq-à-l'âne en goguette, orgie de calembredaines, jetant leur bonnet d'âne par dessus les moulins, insurrection permanente contre la grammaire et la vraisemblance.

Mais on rit, — et l'on est désarmé.

Aussi quelle vaillante troupe que celle qui comptait Sainville, Levassor, Achard, Lemenil, Grassot ; troupe mutilée par le temps et la mort.

Heureusement les morceaux en sont bons.

Tant qu'il y aura au monde des petits jeunes gens et des vieux garçons, ces deux extrêmes qui se touchent par le goût

des livres illustrés de *gravelures sur bois;* tant qu'il n'y aura
rien de bête comme un homme d'esprit, tant que les appé-
tits blasés raffoleront du piment, la salle du Palais-Royal est
sûre de regorger.

LES THÉATRES DE DRAME.

(PORTE SAINT-MARTIN, AMBIGU, GAITÉ.)

Ici l'on tue.

A la porte Saint-Martin, on s'égorge autant qu'à l'Ambigu,
et à la Gaité, mais avec des prétentions intermittentes aux
effets de style.

Qui le croirait?

En plein XIXe siècle, il se trouve encore des êtres primitifs
qui poussent l'incontinence des larmes jusqu'à arroser les
malheurs de l'héroïne en butte aux persécutions du traître.
N'allez pas vous aviser de railler la candeur lacrymatoire de
ces braves ouvriers, de ces honnêtes bourgeois.

Ils ne vous pardonneraient pas de leur gâter leur attendris-
sement. Pourquoi d'ailleurs leur ravir cette illusion?

Laissez-les plutôt s'amuser en se désolant. Ils sont si heureux
de leur désespoir! Il est si doux de croire à quelque chose, ce
quelque chose fût-il la prose de M. Dennery!

LE THÉATRE DU CIRQUE IMPÉRIAL.

Piff! Paff! Boum! Fusillade ici, canonnade là. Vive la
Frrrance! En avant l'apothéose!

Tel est le fond du répertoire. L'intrigue hennit, l'amoureux mâche la cartouche. Théâtre qui a chauvinisé toute notre histoire depuis Pharamond.

Les beaux renfoncements que j'y vis asséner aux Cosaques ! Les superbes taloches infligées aux Autrichiens !

Aujourd'hui ce théâtre a baissé dans l'estime des *voyous*. Ils trouvent que le coup de poing y est mou, qu'on y assomme sans conviction.

Pour comble de malheur, on y joue parfois des pièces sans uniformes, des pièces pour de bon !

O Cirque, devise oblige : *Canon forcé à perpétuité.*

LES PETITS THÉATRES.

(FOLIES-DRAMATIQUES, DÉLASSEMENTS, FUNAMBULES.)

Domaines de la facétie un peu « trop forte en gueule, » — comme dit Molière, qu'on ne s'attendait guère.... Vous savez le reste.

Quand la pièce laisse à désirer, on se rattrape sur l'entr'acte qu'on égaie par le sou de flan ou le tas de pommes, dont on a soin de déposer religieusement les dépouilles sur l'occiput du parterre.

Jadis c'étaient *d'zhannetons* dont on lâchait pour plusieurs liards dans le lustre, et de la poudre à gratter qu'on semait sur la première galerie, — histoire de faire passer le temps et la pièce.

Aujourd'hui le public se range. On voit des gants jaunes à l'orchestre des Délassements, et des coupés à la porte des artistes.

Je redemande les zhannetons.

LE THÉATRE DÙ LUXEMBOURG.

Vulgò, Bobino.

C'était le théâtre des étudiants. Beaux temps de la rue de la Harpe, temps des amours faciles où l'on s'adorait à la petite semaine, où êtes-vous ?

On avait moins de vice et plus de gaîté, moins de fard et plus de fraîcheur, moins de crinoline et plus de... réalité.

On s'amusait à Bobino ; ni hommes, ni femmes, tous étudiants. Bobino à présent est devenu un théâtre comme un autre, un théâtre où l'on écoute, un théâtre qui compte des succès de 150 représentations, un théâtre peuplé des boutiquiers d'alentour.

Ce pauvre Bobino !

LES BOUFFES PARISIENS.

Annexe-piano de l'Opéra-Comique.

LE THÉATRE DÉJAZET.

Observatoire consacré aux effets de soleil couchant.

LES DEUX CIRQUES.

Cercles dans lesquels on fait des ronds.

RÉSUMÉ.

Un lecteur. — Et vous croyez que c'est là que Paris s'amuse !

— Dame, monsieur, répondez vous-même.

IX

UNE PREMIÈRE REPRÉSENTATION

La comédie de la comédie : *Ab unâ disce omnes.*

Il est six heures et demie. Dès le matin des affiches gigantesques, placardées le long des murs du théâtre, annoncent pour le soir la première représentation d'une grande pièce nouvelle en cinq actes.

Depuis quinze jours, les journaux ont chanté sur tous les tons l'éloge de l'ouvrage et répété aux échos le nom du triomphateur. — Toute pièce avant d'être jouée est, de par la réclame, destinée à un immense succès.

Aussi, depuis trois heures, des fanatiques sont emprisonnés entre les classiques compartiments de bois, et font queue.

Quelques-uns, conciliant les intérêts de leur estomac avec leur passion pour l'art dramatique, ont apporté dans leur poche un petit dîner sur le pouce, et grignottent, en attendant l'ouverture des bureaux, un saucisson dont les émanations donneraient la nostalgie à un Provençal. — Inutile d'ajouter que ceux qui se livrent à cette collation sans cérémonie n'appartiennent pas aux premières familles du faubourg Saint-Germain.

Les marchands de billets à l'affût des étrangers, font cercle autour d'un Anglais à qui ils persuadent, pour le décider à risquer ses cent francs contre une stalle, que la pièce est une œuvre posthume de Beaumarchais, dont les décors ont été peints par Horace Vernet et les couplets mis en musique par Meyerbeer.

L'Anglais, après hésitation, leur offre cinquante sous; les marchands de billets se vengent en l'appelant *rosbif*.

Des claqueurs groupés autour du comptoir voisin reçoivent les instructions de leur chef de file et boivent une dernière tournée à la santé du jeune-premier qui s'est commandé une *entrée* dans les prix forts; quelques *solitaires* subissent l'inspection des romains qui, sans en avoir l'air, s'assurent de la solidité de leur poignet.

Enfin les bureaux s'ouvrent!

Quatorze places y sont livrées à l'empressement des populations. Les patients, exaspérés par une faction prolongée, manifestent leur satisfaction négative par des épithètes peu parlementaires; ceux qui ont le saucisson rageur vont jusqu'à montrer le poing à la buraliste qui leur ferme le guichet au nez.

Le public privilégié fait son entrée dans la salle.

A l'intérieur. — UN MONSIEUR DU PARTERRE (à son voisin). — Pardon, monsieur, pouvez-vous me montrer les critiques?

LE VOISIN. — Monsieur est étranger?

— De la Ferté-sous-Jouarre, monsieur.

— Très-bien !... Tenez, voyez-vous aux premières loges ce gros court qui parle à une dame en turban ?

— Je le vois.

— C'est monsieur Paul de Saint-Victor avec madame Bovary.

— Ah ! ah !... on m'avait dit pourtant...

— Ce grand mince qui sourit à l'ouvreuse, c'est Jules Janin.

— Ah ! ah !... je croyais au contraire...

— Ce jeune homme qui lorgne à l'avant-scène de gauche, c'est George Sand.

LE MONSIEUR, avec timidité. — Est-ce que George Sand n'est pas une femme ?

— Parfaitement ; mais elle ne s'habille jamais qu'en homme... La dernière fois que j'ai eu le plaisir de dîner avec elle, je lui en faisais l'observation...

— Quoi ! vraiment ! Vous avez parlé à cet illustre auteur ?

— J'ai l'honneur d'être son ami intime.

— Croyez, monsieur, que je vous suis infiniment obligé de ces précieux renseignements.

Après le second acte. — UNE DAME. — Eh ! bien, monsieur Léonce ?

M. LÉONCE (un confrère). — Charmant !

— Il y a bien un peu d'invraisemblance dans les caractères ?

— On ne peut nier l'invraisemblance. Comprend-on cette jeune fille qui s'en va seule à la poursuite de son futur en rupture de bans matrimoniaux ?

— Et ces monologues à perte d'haleine.

— Si encore ils étaient écrits en français !

— J'ai peur qu'on n'aille pas jusqu'au bout.

— Une rapsodie qui a traîné cent ans...

(Entre l'auteur.)

M. Léonce. — Bravo! mon cher! un triomphe!

La dame. — Que de reconnaissance je vous ai ! Pousser la galanterie jusqu'à m'envoyer une première loge !

L'auteur, soucieux. — Il y a une cabale, bien sûr !

M. Léonce.—Une cabale! Allons donc! cela marche comme sur des roulettes !

L'auteur, avec une éclaircie.— Merci ! J'en accepte l'augure et je rentre dans les coulisses, car je crains d'être reconnu... Mais je parierais qu'il y a une cabale !

(Il sort.)

Au foyer (après le troisième acte).

.Chœur de journalistes.— C'est stupide ! Quel four! Comprend-on un directeur qui monte de pareilles inepties !...

Un boursier.— Bonjour, cher. Comment trouvez-vous ?...

Un autre. — On baisse de dix centimes à Tortoni.

— Je vous parle de la pièce.

— La pièce?... Coralie y montre de bien belles épaules.

— Scélérat !

— Dame ! on fait ce qu'on peut !

Le troisième acte. — Le jeune premier. — Oui, Valentine, je vous aime.

Valentine. — Et vous m'avez quittée !

— Ne m'interrogez pas.

(En ce moment deux demi-mondaines en toilettes criantes entrent dans une loge dont elles ferment la porte avec fracas. Deux gandins les escortent.)

LE PARTERRE. — Silence!... A la porte!

LES DEMI-MONDAINES. — Qu'est-ce qu'ils ont donc ces imbéciles-là!

LE PARTERRE. — A la porte (*bis*)!

LE JEUNE PREMIER. — C'est un secret...

UNE DES DEMI-MONDAINES (de plus en plus haut). — Tiens! je le connais ce petit-là; il joue donc la comédie.

LE PARTERRE (crescendo). — A la porte (*ter*)!

M. LÉONCE. — Cela va bien!

L'AUTEUR (dans les coulisses). — Bien sûr, il y a une cabale!

UN ACTEUR (à part). — Il est bon! Nous faire jouer des ours pareils, et se plaindre par-dessus le marché!

LE CHEF DE CLAQUE. — Mes gueux de *solitaires* ne donnent pas. Attention, vous autres! La scène du comique! Et rions mieux que tout à l'heure, nom d'une bombe!

Le troisième acte se termine tant bien que mal; le quatrième tant mal que bien. Après le cinquième, l'acteur chargé de proclamer l'auteur s'avance, et à la suite des trois saluts :

« Messieurs, la pièce que nous... »

PLUSIEURS VOIX. — Assez !

LE CHEF DE CLAQUE.—Bravo ! silence !... mes gredins de *solitaires* qui ont déjà décampé !

L'ACTEUR. — La pièce que nous avons eu l'honneur de représenter devant vous, est de monsieur...

— Galimard ! s'écrie une voix.

On applaudit.

A la sortie. — Le monsieur de la ferté. — Monsieur, je vous réitère mes remercîments et mes congratulations pour vos précieux renseignements.

Son ex-voisin. — Il n'y a pas de quoi... Tenez, regardez ce Persan à barbe blanche et à bonnet pointu, c'est Alexandre Dumas.

— Dans ce costume !...

— Depuis qu'il a pris Naples, il ne s'habille pas autrement.

— Ah ! monsieur, que d'obligations !.. Je ne donnerais pas ma soirée pour cent écus !

M. Léonce (à la dame de la loge). — Je le lui disais bien ! Il n'a pas voulu de ma collaboration... C'est un imbécile.

La demi-mondaine (à son cornac). — Si tu veux être bien gentil, va donc me chercher l'adresse du jeune-premier à l'entrée des artistes.

(Il y va !)

Le boursier. — Eh ! bien, qu'en dites-vous ?...

L'autre. — Je dis que ça montera. Achetez.

Le chef de claque.— Si jamais je repince un de mes coquins de *solitaires,* il me le paiera !

Nouveau chœur de journalistes. — Stupide ! exécrable ! etc., etc.

Trois heures et demie du matin.—L'auteur, se retournant

dans son lit et rêvant tout haut. — Je vous dis qu'il y avait
une cabale !... Ce Léonce !... une cabale !...   .   .   .   .   .   .

Le lundi suivant les trois quarts des feuilletons constatent
un succès d'estime !

X

L'ÉCOLE LYRIQUE

Connaissez-vous l'Ecole lyrique ? — Ne pas confondre avec le théâtre de même nom.

L'École lyrique, située sur les hauteurs de la butte Rochechouart, dans les déserts de la rue de la Tour-d'Auvergne, est une pépinière de grands acteurs — *in partibus*.

C'est là qu'on cultive les semis de jeunes-premiers, c'est là que l'arrosoir poétique verse des flots de rimes sur des plates-bandes de Rachels et de Talmas en herbe ; c'est, hélas ! là aussi que prend racine le pommier dont les fruits — cuits — sont trop souvent dans l'avenir la seule moisson que récoltent les déclassés de la tirade.

Entrons !

L'affiche, — une affiche écrite par la main d'un calligraphe de la troupe, — annonce une tragédie. Elle porte, en outre, qu'on commencera à huit heures.

Il en est neuf et pourtant la toile, — il y a une toile, — n'a pas encore manifesté la moindre intention de se lever. Le public, au contraire, commence à faire pressentir ce désir.

Mais avant de battre en retraite il exécute sur des clefs forées des symphonies que n'a jamais signées Beethoven.

Cependant que se passe-t-il de l'autre côté du rideau ?

— Sapristi ! s'écrie en se promenant de long en large un monsieur enturbanné. Ce satané Ernest me joue un tour abominable. Il m'avait pourtant promis d'être ici à sept heures. Son patron aura eu quelque ouvrage pressé à terminer. Que diable on prévient... (Entendant dans la salle un redoublement de cris.) Allez donc !... Criez tant que vous voudrez. Quand on pense que ce sont presque tous des *gratis !* Que faire, grand Dieu, que faire ?

— Mon blanc ! où est mon blanc ? glapit une héroïne à demi vêtue... Du blanc végétal que maman prépare elle-même.

— Prends du blanc d'Espagne, et laisse-nous tranquille.

— Du blanc d'Espagne ! Pour abîmer mes roses ! Je veux mon végétal. Je vous demande un peu qui me l'a fourré sous le trône du second acte... Ah bien ! c'est propre ! On m'a mis de l'encre dedans !

Un éclat de rire accueille cette déclaration.

— Oui, je vous conseille de rire, c'est spirituel... D'abord, je ne joue pas.

— Par pitié !

— Je ne joue pas sans blanc !...

— C'est bon, on va aller t'en chercher... Et ce brigand d'Ernest, il n'y a pas à dire, il faut faire une annonce.

— Pardon, monsieur, murmure timidement un jeune homme, si vous vouliez, je pourrais lire le rôle.

— Vous !

— J'apporte les lettres au théâtre des Batignolles.

— Des antécédents dramatiques ! Je vous remercie avec effusion. Allez vous habiller... Au rideau !

Sur ce, le bénéficiaire s'avance sur le devant de la scène et a l'honneur de prévenir le public que M. Ernest ayant été pris d'une attaque imprévue d'épilepsie, son rôle sera lu par monsieur Trocadéro, artiste pensionné du théâtre de Tiflis.

Après quelques tentatives d'opposition on commence enfin.

Jusqu'à l'entrée de Trocadéro, tout marche à souhait. Mais à peine, la pièce à la main, a-t-il dit quelques mots qu'une folle hilarité s'empare des spectateurs.

Le malheureux est en effet à peu près vêtu par le costume de l'infidèle Ernest, mais il a la tête beaucoup plus petite que celui-ci. Aussi au premier geste exigé par le pathétique, le turban surmonté d'une énorme aigrette que lui impose son rôle d'Ottoman, exécute traîtreusement un demi-tour à droite et l'aigrette apparaît derrière la tête de l'infortuné.

Dès lors commence une pantomime assez difficile à noter :

Mes noirs pressentiments.....

        (Un coup de main au turban réfractaire.)

           ,   Ne me trompaient donc pas!

En secret, nuit et jour.....

       (Tournant deux pages au lieu d'une.)

         ..... Enseveli sous l'herbe

Ne sais-tu pas encore, homme faible et superbe.....

(S'apercevant de la méprise et retournant trois pages en arrière)

Mais enfin quand j'ai vu.....

        (Un coup de main au turban.)

         La lumière du jour

J'ai compris.....

(Comprenant enfin qu'il se trompe et retrouvant la suite.)

..... On épiait mes pas!

Ah! c'est trop d'insolence!

(Un coup au turban.)

Et ma juste colère

Apprendra.....

— A lire! fait une voix.

A ce mot, trépignements et bravos. Trocadéro, visiblement intimidé, ne songe plus à retourner le turban qu'un mouvement brusque enfonce sur son nez.

L'arrivée de la jeune première opère une heureuse diversion. Mais le blanc a si bien tatoué son visage que c'est un Debureau femelle qui se montre aux regards des spectateurs surpris.

— Va te débarbouiller, hurle le bénéficiaire quand la toile est tombée. Et vous, artiste des Batignolles, tâchez de rembourrer votre coiffure. Nous n'avons pas besoin de votre girouette pour nous annoncer l'orage.

L'acte suivant réserve à la troupe éplorée une nouvelle épreuve. Dans cet acte, il y a un songe, — le songe de rigueur, — et c'est à Trocadéro que revient le périlleux honneur de le déclamer. Or tout songe doit, sous peine d'invraisemblance, se passer dans l'obscurité.

Pour lire, au contraire, la lumière est indispensable. L'accident n'avait pas été prévu.

De là stupeur et hésitation, quand la rampe disparaît dans le troisième dessous.

— Il rêvera!... Il ne rêvera pas!... glapit le public.

Trocadéro ne sait plus à quel lampion se vouer.

Enfin un musulman apporte une bougie, et c'est le chandelier d'une main, le manuscrit de l'autre que Trocadéro, étendu sur un lit de repos, évoque les mânes de ses ancêtres.

C'en est fait. Le Waterloo est irrévocable, et le combat finit faute de spectateurs.

— Scélérat d'Ernest! gémit le bénéficiaire dans la coulisse. Et cet infâme Trocadéro!... Tout cela pour treize francs vingt-cinq centimes de recette!

Pauvres, pauvres gens! Tant d'avanies, de tribulations..... Pourquoi? Pour un élu sur mille appelés.

Jeunes gens en peine d'une carrière, « soyez plutôt maçons, » aunez du calicot ou pesez de la cannelle.

Si peu, hélas! arrivent à Corinthe en passant par la rue de la Tour-d'Auvergne!

XI

LE THÉATRE DE GUIGNOL

HISTOIRE D'UN VIOLON

Une des plus vieilles traditions de l'ancien Paris.

Jadis à l'époque où s'épanouissaient mes cinq ans, le théâtre de Guignol était dans toute sa candeur.

Ses acteurs, qui ne jouaient qu'en buste, dédaignaient le secours trop vulgaire des ficelles.

Un des doigts de l'impresario, fourré dans chaque manche, suffisait aux nécessités de l'intrigue et aux besoins de l'émotion.

Tout en effet se bornait alors à une volée de coups de bâton, tour à tour prêtée et rendue par chacun des acteurs. Les pièces du théâtre de Guignol auraient pu uniformément porter le titre de : « La raison du plus fort est toujours la meilleure. »

Morale pleine d'à-propos et parfaitement appropriée d'ailleurs à l'éducation de la jeunesse contemporaine. — Aux merveilleux roulements exécutés sur le dos du commissaire par messire Po-

lichinelle, le parterre enfantin applaudissait avec une unanimité qui prouvait combien la fraternité a poussé de profondes
racines dans le cœur de l'humanité.

Le progrès a modifié tout cela, — excepté la façon d'entendre la fraternité. Pris l'autre jour par la nostalgie de l'enfance, je suis retourné au théâtre de Guignol.

L'assemblée était aussi nombreuse qu'en mon jeune temps.
Les banquettes n'étaient pas plus rembourrées; messieurs les
militaires se pressaient avec autant d'ardeur autour de la
corde de circonvallation.

Mais le chat n'y était plus, les artistes jouaient en pied et
la pièce était une comédie de mœurs.

Il s'agissait du mariage d'une ingénue de sapin avec un
amoureux de bois blanc. Le père de l'héroïne, qui avait un
cœur de chêne, refusait orgueilleusement son consente-
ment et voulait unir sa progéniture à un financier de châ-
taignier.

La partie féminine de l'auditoire portait évidemment un
intérêt sympathique aux tribulations de ces poupées sentimen-
tales, et à un moment où les amours du sapin paraissaient
gravement compromises par l'opiniâtreté du chêne, un amateur de six ans environ, se penchant vers sa voisine qui
comptait moins d'années que de volants à sa robe :

— Si papa ne veut pas nous marier plus tard, c'est moi qui
l'enverrai promener.

Quel signe des temps !

Si ce pauvre Nodier revenait flâner ici-bas, il ne reconnaî-
trait pas plus son Polichinelle que nos pères ne reconnaîtraient
l'enfant de 1861...

Pendant que je réfléchissais ainsi, les banquettes s'étaient peu à peu dégarnies; les lumières, soufflées par madame la directrice, s'éteignaient une à une.

— Allons! fit quelqu'un à côté de moi, encore une de passée!

Je relevai les yeux, et je vis le joueur de violon qui compose l'orchestre de céans remettre son instrument dans l'étui.

C'était un vieillard à la figure amaigrie, au dos voûté, dont le regard avait conservé un reste de flamboiement pour ainsi dire posthume ; — car l'homme était mort.

Par quelles vicissitudes en était-il arrivé à ce dernier échelon de l'échelle? Quel poème de misère se cachait sous ses haillons? L'exclamation de lassitude échappée au malheureux permettait de tout supposer. Mais ayant sans doute remarqué l'attention avec laquelle je le considérais, il vint de lui-même au devant des suppositions.

— Vous trouvez, n'est-ce pas, monsieur, qu'il est bien triste à mon âge de faire un métier pareil ? me dit-il tout à coup. Ne vous en défendez pas. Vous avez raison. Que serait-ce donc si vous saviez tout! Tel que vous me voyez, j'ai donné autrefois des concerts à la salle Herz !

Et un éclair d'orgueil jaillit de sa prunelle grisâtre.

La glace était rompue entre nous. Le bonhomme commença à me raconter son histoire.

Sombre histoire comme en recèle seule cette vie d'artiste tant enviée des uns, tant décriée des autres.

— Si bien, soupira-t-il en terminant, qu'après avoir tout perdu pour elle ; — *Elle*, c'était une de ces filles sans cœur, que la fatalité peut mettre sur la route des meilleurs; — si bien, qu'un jour, en passant aux Champs-Elysées, je me suis arrêté comme vous avez fait ce soir.

On fermait la boutique, comme on la ferme en ce moment. Je m'approchai du directeur, et je lui demandai tout bas, — bien bas, — s'il voudrait ajouter un orchestre à son théâtre.

Depuis, — il y a vingt ans! — tous les jours je suis ici à cette même place, jouant le même air et regardant les mêmes pièces.

Je me trompe!

Les pièces ont bien changé depuis, le public aussi!

— En effet, interrompis-je, j'ai remarqué tout à l'heure....

Et je lui fis part du mot que j'avais entendu murmurer par le bambin à sa voisine.

— Eh! eh! cela ne m'étonne pas. Dans cinquante ans le théâtre de Guignol jouera les drames de la Porte Saint-Martin. Les marionnettes des Tuileries parlent déjà bien en vers!... Quant aux enfants, de ce train-là!...

Croyez-vous, monsieur, que l'autre jour un mioche que je voyais venir assidument, m'a donné un bouquet de violettes pour notre jeune première. J'ai eu beaucoup de peine à lui faire comprendre que les artistes de bois étaient insensibles à ces galantes marques d'admiration.

Au fait! il n'était pas plus ridicule que bien d'autres, ce petit. Moi aussi, j'ai aimé la jeune première d'un Guignol vivant. Malheureusement, je n'ai trouvé personne pour me désabuser, et quand je me suis aperçu que mon idéal était un pantin de bois, il était trop tard.

— Voyons, père Martin, il faut s'en aller, cria la voix vinaigrée de la directrice.

Le théâtre, les bancs, les acteurs, tout était emballé sur une sorte de chariot à bras, et de rares ombres circulaient seules sous les arbres des Champs-Elysées.

Le père Martin mit sa boîte à violon sous son bras, reçut de l'administration les vingt-cinq sous, salaire de sa journée, et me faisant un salut d'adieu :

— Bonsoir, monsieur. Pardonnez-moi de vous avoir ennuyé de mes bavardages. Mais si jamais vous rencontriez sur votre chemin une femme comme celle dont je vous parlais tout à l'heure, souvenez-vous de mes marionnettes, et dites-vous : Elle est en bois !

Ce qui prouve que la philosophie se loge où elle peut, — voire dans les coulisses du théâtre de Guignol.

XII

•

LES COULISSES DE L'HIPPODROME

Un espace oblong, sis à l'extrémité gauche de l'arène dont il est séparé par un rideau à ramages.

Cet espace est limité au nord par une rangée de cabanes en bois qui ont une vague ressemblance avec les cabinets d'une école de natation en petit.

C'est le vestiaire de ces dames.

Au sud, une cloison de planches dans laquelle la curiosité érotique des gamins d'alentour travaille sans relâche à pratiquer des *jours de plaisir*, à seule fin de jouir gratis de l'envers du spectacle.

A l'ouest, un ballon qui, sous l'œil d'un Godard quelconque, engraisse à vue d'œil.

A l'est, chars, poteaux, cordes, armes et autres accessoires.

Ecuyers, écuyères, figurants, palefreniers, visiteurs...

Tout est représenté dans ce pandœmonium : le commerce, par le régisseur qui, en consultant le ciel, suppute les bénéfices dont l'averse imminente pourra frustrer le contrôle; la finance, par quelques admirateurs de la beauté ; la musique, par le timbre d'un figurant qui brode, en endossant un costume de chevalier moyen âge, des variations sur l'air de : *Ah! il a des bottes ! bottes ! bottes !...* la peinture, par le visage des écuyères déjà nommées, etc...

La fête équestre se déroule ; les coulisses sont en pleine activité.

LE RÉGISSEUR. — Allons, mesdames ! Le *char des Saisons* vient en troisième... Vous devriez déjà être installées dans vos feuillages respectifs.

UNE ÉCUYÈRE (passant hors de la cellule une tête qu'accompagne le haut d'un corset). — C'est dégoûtant ! on m'a chipé mon tire-bottes. Impossible d'entrer dans mes revers.

LE RÉGISSEUR. — Apprenez qu'il n'y a pas de voleurs ici. Je l'ai vu ce matin votre tire-bottes. Vous l'aviez enveloppé avec un reste de tarte aux cerises dans un numéro du *Pays*.

L'ÉCUYÈRE. — Ah ! oui ! je me rappelle !... Ce que c'est que d'avoir trop d'ordre. On serre si bien les choses qu'on ne peut plus... Je l'ai, amour ! ne nous fâchons pas !

UN GÉNÉRAL DE DIVISION à trois francs la bataille. — Mon régisseur, la journée sera chaude ; je me sens capable d'héroïsmes inconnus.

LE RÉGISSEUR. — Où avez-vous passé la matinée ? Vous êtes gris comme quatre.

LE GÉNÉRAL. — Moi ! si on peut dire... Je n'ai fait que tuer le ver.

LE RÉGISSEUR. — Alors il avait la vie dure.

LE GÉNÉRAL. — Peut-être bien y a-t-il quelque chose comme cela.

LE RÉGISSEUR. — Si cela vous arrive encore, sacrebleu ! je vous flanque dans les figurants à quinze sous.

(Le général baisse la tête d'un air contrit et se tait sans murmurer.)

UN NOBLE ÉTRANGER, admis à la faveur d'inspecter la localité. — Mademoiselle...

LA DÉESSE DU PRINTEMPS. — Si vous disiez *madame,* cela ne vous écorcherait pas la langue.

LE NOBLE ÉTRANGER. — Oserais-je déposer à vos pieds l'hommage...

LA DÉESSE DU PRINTEMPS. — En fait de dépôts, je n'aime que ceux qui ont cours à la Caisse des dépôts et consignations.

(Le noble étranger feint de se retrancher derrière son ignorance de la langue française pour ne pas comprendre et va admirer le gonflement du ballon.)

LA DÉESSE DE L'HIVER. — T'as eu tort de le brusquer. Il a l'air *chic.*

LA DÉESSE DU PRINTEMPS. — Des Russes en Ruolz! Connu ! J'aime mieux un fabricant de toiles cirées indigènes.

(A ce moment un trio d'amazones, qui vient de fournir une course brillante, rentre dans la coulisse.)

PREMIÈRE AMAZONE. — Je te dis que tu l'as fait exprès pour me jeter par terre.

DEUXIÈME AMAZONE. — Ce n'est pas vrai, mon cheval s'emportait.

PREMIÈRE AMAZONE. — Pauvre bête ! Si l'on peut répandre sur son compte des bruits aussi invraisemblables. Je sais ce que je sais. On est jalouse de moi, et on voudrait...

DEUXIÈME AMAZONE. — Tu n'es qu'une vipère !

PREMIÈRE AMAZONE. — Vipère! Répète donc ?

(Un pugilat à portée de cravache est sur le point de s'engager. Le régisseur intervient et, par une amende opportune, sépare les deux parties, sans chercher à les concilier.)

LE RÉGISSEUR. — En avant le *char des Saisons !*... Eh ! là-haut ; il me semble que Flore a un accroc au mollet.

FLORE. — Par exemple... C'est une pièce !

POMONE. — Je demande à ce qu'on me change de position. Depuis le temps que je nage dans l'espace avec une barre de fer dans le dos.

LE RÉGISSEUR. — L'habitude est une seconde nature.

POMONE. — Merci ! Voulez-vous essayer ? Je vous cède mon billet moins cher qu'au bureau.

CÉRÈS. — Cristi ! mon corsage qui craque !

LE RÉGISSEUR. — Vous tiendrez votre gerbe devant pour qu'on ne voie pas la solution de continuité.

Tandis que le *char des Saisons* prépare sa marche solennelle, deux des gamins dont il a été question plus haut sont installés, à travers planches, à leur observatoire et échangent leurs réflexions mutuelles.

PREMIER GAMIN (enthousiaste). — C'est tout de même *rigolo*. Guigne-moi ce char doré.

DEUXIÈME GAMIN (sceptique). — Du carton peint, la belle affaire !

PREMIER GAMIN. — Mâtin ! entrevois-tu la grande qui tient une guirlande. En v'là une pour qui je ferais des folies, si je ne craignais pas de compromettre ma famille.

DEUXIÈME GAMIN. — Comme mât de cocagne, elle pourrait avoir du succès, mais comme femme...

PREMIER GAMIN. — Alors, contemple-moi celle d'en bas. Une forte créature !

DEUXIÈME GAMIN. — Dommage qu'elle fasse des études sur l'acclimatation du coton.

PREMIER GAMIN. — Et ce chevalier bardé de fer! quoi que t'en penses ?

DEUXIÈME GAMIN.—On dirait une enseigne de chaudronnier !

Le *char des Saisons,* cependant, va se mettre en route, quand le régisseur, avec effroi :

— Eh! bien! et le Temps ? Où est le Temps?

VOIX DIVERSES (dans les sommités du char). — Le Temps fuit. Le Temps perdu ne revient pas... Le Temps va changer... Quel diable de Temps !

LE RÉGISSEUR. — On ne peut entrer en scène sans cocher... Si l'on intervertissait l'ordre, et qu'on représentât la pantomime militaire!

LES VOIX DIVERSES. — Rester une heure suspendues. Je donne ma démission... J'ai déjà un bras sans connaissance... Aïe ! les crampes!

LE RÉGISSEUR. — Et la déesse du Printemps. Où est encore ma déesse?

LA DÉESSE DU PRINTEMPS. — Présente! J'achevais de causer un brin avec un prince valaque.

LA DÉESSE DE L'HIVER. — Son boyard de tantôt! L'hypocrite !

LA DÉESSE DU PRINTEMPS (prenant place dans l'échafaudage floral). — T'es bête! Je n'avais pas remarqué le diamant de son épingle.

LE RÉGISSEUR. — Il faut pourtant en sortir.

Un employé. — Pardon, monsieur le régisseur, j'accours vous prévenir que notre général de division vient de rouler sous une banquette d'où il est impossible de le retirer.

Le régisseur. — Ciel!

Un second employé. — Le cheval du chef arabe vient de se couronner en sortant de l'écurie.

Le régisseur. — Diantre!

Un troisième employé. — Un coup de vent vient de faire une déchirure au ballon.

Le régisseur. — Mais c'est donc le diable qui s'en mêle! Que devenir! que dev... Je ne me trompe pas! Il pleut! Il pleut même à verse! une vraie trombe. Nous sommes sauvés!

Le char des Saisons (dégringolant comme une seule femme). — Enfoncée la représentation!

Le régisseur. — Trois heures. La recette est faite. Tout est pour le mieux dans le plus vilain des étés.

Flore (occupée à se dépouiller de ses vains ornements). — Hé! Fifine, es-tu prête? Je paie une anisette à la sortie.

Fifine-Pomone. — L'anisette me dégrade le tempérament. J'aime mieux l'absinthe.

Le général de division (traversé par la pluie sous sa banquette). — Qui est-ce qui se permet de mettre de l'eau dans mon vin?

Premier gamin. — Elles vont sortir, qué chance!

Deuxième gamin. — Tu te figures que je vais compromettre ma petite poitrine pour les attendre.

Premier gamin. — Laisse-moi seulement leur ouvrir la portière de leur coupé!

Deuxième gamin. — Et la dignité! On la foule aux pieds!

4

PREMIER GAMIN. — Par exemple ! Je refuserais le pourboire. L'art pour l'art !

DEUXIÈME GAMIN. — Encore des illusions, à nos âges ?

PREMIER GAMIN. — T'en as donc plus d'illusions, toi ?

DEUXIÈME GAMIN. — Peuh ! Quand on a claqué trois mois au Lazari !

XIII

PARIS AU BAL

Qu'est-ce qu'un bal ?

Bescherelle me répond : Réunion consacrée aux plaisirs de la danse.

Ces lexicographes n'en font jamais d'autres.

Mais, ô docte monsieur Bescherelle, elle est absurde votre définition ; elle ment comme le plus impudent arracheur de molaires, elle crie à l'*erratum* de toutes ses forces et de tous ses mots.

Une réunion consacrée aux plaisirs de la danse !... Allons donc !

Paris au bal se promène, Paris au bal médit de son prochain, Paris au bal parade, intrigue, salit des cravates blanches, paie des bâtons de sucre de pomme, joue à la toupie chinoise, cause politique, suit un cours de pastel, se ruine, transpire, bâille. — Mais Paris au bal ne danse plus.

Cela est si vrai que la danse est devenue une industrie. On est danseur comme d'autres sont coiffeurs. Il en est même qui cumulent ces deux professions.

Du bal officiel où les jeunes aspirants aux hauts emplois
polkent pour ne pas mécontenter leurs patrons, au bal public
où l'administration solde des *lanciers* en représentation, en
passant par le bal bourgeois, dans lequel les surnuméraires
paient en ronds de jambes les sirops qu'ils consomment, partout la danse est passée à l'état de métier.

D'où la création d'une agence encore peu connue, mais qui
fera son chemin.

Aidons-la à sortir de son obscurité.

XIV

L'AGENCE DES DANSEURS

A Paris, tout besoin nouveau donne immédiatement naissance à une spéculation nouvelle.

D'où sortent ces parasites de l'imprévu ? Nul ne peut le dire. Ce qu'il y a de certain, c'est qu'ils sortent.

Le chef de leur famille fut ce petit bossu qui — du temps de Law — prêtait son éminence aux amateurs et tira de ce pupitre fourni par la nature un revenu pour le reste de ses jours.

Law n'existe plus — ou il a changé de nom. Les petits bossus existent toujours — avec ou sans bosse.

Qu'un emprunt se souscrive, vous les verrez la nuit autour du ministère des finances, débitant aux intrépides qui font queue à la porte du gain le café réconfortant et le petit verre consolateur, louant aux gens fatigués la chaise providentielle, aux gens enrhumés le bonnet de coton préservatif.

Qu'un défilé, qu'un feu d'artifice agglomèrent la population, ils accourent avec des tables, des escabeaux, des échelles. Qui veut des places ?... Qui veut des danseurs ?...

4.

L'entrechat devait avoir, lui aussi, son petit bossu. Le mariage a bien les siens en ce temps de fabriques matrimoniales.

Le petit bossu de la danse se nomme... A quoi bon ? il demeure... C'est inutile. Un de ces jours il aura ses annonces à la quatrième page comme le premier De Foy venu.

Un gaillard intelligent que ce fondateur de l'agence des danseurs.

— D'une part, s'est-il dit dans une heure d'inspiration, les maîtresses de maisons, qui aiment à recevoir, gémissent infructueusement sur la disette des danseurs ; de l'autre, un nombre incalculable d'oisifs se lamente sur son inaction. D'un côté, famine, de l'autre, pléthore, il y a quelque chose à faire.

Et l'agence fut fondée !

Vous les avez lues, sans vous en douter, les *Invitations à la walse* de ce buraliste bien avisé :

« On demande des jeunes gens de bonne tenue pour emploi facile et lucratif. »

Vous avez cru peut-être qu'il s'agissait du placement d'un *ouvrage illustré de splendides gravures* avec une pendule pour prime. Pas du tout ! L'ouvrage illustré ne trompe plus personne et la pendule est arrêtée depuis longtemps.

C'étaient les affiches de l'*Agence du cotillon.*

Sur quoi, les faméliques ont plu dans les bureaux de l'entrepreneur.

— Que faut-il faire, parlez ! Nous sommes sans ouvrage. Nous avons une tenue excellente, nous souhaitons un emploi facile et surtout lucratif. Parlez, car nous jeûnons.

> Vous jeûnez, j'en suis fort aise,
> Eh bien! dansez maintenant,

a répliqué l'entrepreneur.

L'affaire était emmanchée.

L'hiver dernier les débuts ont été timides, vu l'*émotion in-*
séparable; l'hiver prochain, la suite sera triomphante.

Déjà, le *placier* prépare des prospectus avec tarif à l'appui,
sur lesquels on lira :

AGENCE GÉNÉRALE DE LA DANSE NATIONALE

M......

« Vivement frappé d'un inconvénient qui menace de porter
un coup fatal à la gaîté et à l'urbanité française, nous avons
résolu d'arrêter la dépopulation des salons en y acclimatant le
danseur de location.

« Notre maison,—fondatrice et innovatrice de cette féconde
branche d'industrie, — a l'honneur, au retour des frimas,
d'appeler votre bienveillante attention sur son œuvre éminem-
ment philanthropique.

« Tous nos sujets se recommandent par une moralité par-
faite et un air de distinction irréprochable.

« Les commandes sont expédiées dans les vingt-quatre
heures et l'on peut traiter sur échantillon.

« Dans l'espoir que vous daignerez nous honorer de votre
faveur, nous vous soumettons, M......., les prix courants de
notre maison, en vous présentant

« Nos très-humbles salutations,

« LE DIRECTEUR,

« ✳✳✳ »

PRIX COURANTS DE L'AGENCE

Danseurs de 20 à 30 ans	La nuit	12 fr.	» c.	
Idem de 30 à 40	Id.	15	»	(1)
Pour la cravate blanche	Id.	2	»	
Si l'on tient à ce que le danseur porte				
des gants entièrement frais.	Id.	2	50	
Danseurs bacheliers.	Id.	18	»	
Idem parlant une langue étrangère. .	Id.	19	»	
Idem sachant au besoin chanter une				
romance	Id.	20	»	
Idem décorés d'un ordre étranger. .	Id.	25	»	

« En traitant par douzaines l'administration consent des remises.

« On peut également traiter pour la demi-nuit.

« Les danseurs de l'agence se distinguent par une sobriété du meilleur ton. Aucun ne consomme en dehors du verre de punch et de la sandwich stipulés dans les conventions.

« Aucun n'abuse de ses avantages physiques et ne s'écarte en causant avec les demoiselles, dans l'intervalle des quadrilles, des spirituelles banalités de la conversation courante...

 « (1) NOTA. — Cette surélévation de prix a sa raison d'être dans la plus grande sécurité qu'un homme mûr inspire aux mères de famille. »

Gageons qu'avant dix ans l'entrepreneur aura vingt mille livres de rente.

XV

LES BALS DE SOCIÉTÉ

Pour la forme — quelques mètres carrés de plus ou de moins, quelques bougies de moins ou de plus ; des rafraîchissements copieux ou avares ; une température flottant entre *Sénégal* et *eau bouillante*.

Pour le fond, monotonie sans variations, politesse sans conscience, hypocrisie sans repentir.

— Madame, croyez que je suis heureux de l'honneur...

Entendre :

— Madame, croyez que, si votre mari n'était pas influent auprès de mon chef de division, j'aurais préféré cent fois me coucher tranquillement.

— Cher monsieur ! Je vous attendais avec impatience.

Entendre :

— Ce n'est pas pour le plaisir de vous voir que je vous ai invité, mais comme vous jouez des quadrilles.

— Bonjour, cher ami ! votre dernier livre est admirable.

Entendre :

— Stupide crétin, va !

— Quelle adorable toilette, madame !

Entendre :

— Fagotée comme une momie !

— Vous partez déjà ?

Entendre :

— Ils sont capables de rester jusqu'au jour. Je tombe de sommeil.

Règle générale. — Tous les bals sont égaux devant le mensonge, comme tous les hommes sont égaux devant l'habit noir.

Car sans habit noir...

XVI

PARENTHÈSE

LE DRAME DE L'HABIT NOIR

La Sagesse des nations prétend que « l'habit ne fait pas le moine. » Jugez-en !

C'était hier.

Je traversais la cour du Louvre.

M'étant aperçu le matin, en fouillant dans ma commode, que mon habit noir, — j'en ai un ! — avait, en restant dans le tiroir cellulaire durant tout l'été, contracté la mauvaise habitude de grimacer une foule de faux plis, j'avais endossé cette livrée du monde.

Ainsi endimanché pour cause de défripement privé, je me rendais je ne sais plus où, mais ce devait être quelque part.

Soudain à l'un des angles de la cour qu'ornait jadis l'hreboristerie de M. Duban, je me trouvai en face d'un de mes anciens amis de collége que j'avais perdu du regard depuis une *troisaine* d'années.

— Eh! bonjour! lui dis-je en lui faisant l'offre d'une poignée de main.

— Bonjour! me fut-il répondu d'une voix mélodramatique.

— Cela va bien?

— Pas mal, merci! Tu as là un bien bel habit.

— Tu trouves? Et le travail?

— Rien de bon. Tu as là un habit superbe...

— Et ton parrain Gervais?

Au lieu de me répondre, mon ami réitéra son soupir sans
quitter des yeux mon elbeuf.

—Ah! çà, serais-tu devenu tailleur, que tu t'intéresses
tant à la coupe de mon vêtement? Je l'ai endossé à seule fin
de lui faire prendre l'air, là! ce n'est point une raison pour
te moquer...

—Me moquer! je n'en ai guère envie. Si tu savais quel
drame tu me rappelles involontairement.

— Un drame?

— L'histoire de ma vie entière brisée.

— Tant de choses dans mon habit!

— Puisque cela semble t'intéresser, tu sauras tout.

Je prêtai l'oreille.

— Ayant passé mes derniers examens de droit à la fin de
l'année dernière, j'avais épuisé, pour en payer les frais, les
ressources dont pouvait disposer ma mère.

Grâce à quelques livres que j'avais vendus, il me restait
bien juste de quoi vivre étroitement pendant une vingtaine
de jours.

J'entamais donc l'hiver sous des auspices qui n'avaient
rien de commun avec la Californie.

Un matin cependant, je rencontre un de mes anciens professeurs de la faculté, — excellent homme qui, apprenant ma position dédorée, s'intéresse à moi et me donne un mot de recommandation pour l'administrateur d'un de nos chemins de fer.

Le lendemain à une heure, je me présente à l'hôtel de mon futur protecteur.

J'avais, comme tu le supposes, mis dehors toutes les ressources de ma toilette, revu et corrigé à l'encre toutes les coutures de mon pantalon, gratté mon chapeau à grand renfort de brosse et soumis à plusieurs baptêmes de benzine le collet de ma redingote.

J'ai dit redingote, remarque-le bien !

Après une attente anxieuse, je fus introduit chez l'administrateur qui commença par me toiser de la plante des pieds à la racine des cheveux, parcourut d'un œil distrait le billet que je lui tendis et me congédia d'un geste à peu près poli au bout de cinq minutes de colloque.

Le soir même, je recevais la visite de mon ancien professeur.

— Malheureux ! me dit-il, quelle faute avez-vous commise !

— Moi ! j'ai commis...

— Une faute d'étiquette que M. de *** ne vous pardonnera jamais. Vous présenter chez lui en visite officielle — sans habit noir.

— Je n'y avais pas songé, fis-je en balbutiant.

Hélas ! j'y avais bien songé, mais songer et tenir sont deux. Ma fierté répugnait à avouer que je n'avais pas d'habit noir.

5

Mon ancien professeur sortit, persuadé que j'ignorais les principes de la civilité puérile et honnête.

— Pauvre garçon! murmurai-je en interrompant le récit de mon interlocuteur.

— Patience! ceci n'est rien.

A quinze jours de cette mésaventure, je reçus par la poste une invitation.

La baronne de Vaupreux donnait une soirée.

Je ne connaissais pas la baronne, mais je savais qu'elle était liée avec la famille d'une de mes cousines. Ma cousine avait une fille. O mon ami, si tu l'avais vue !

Quelle bouche! quels yeux! quelle taille!

Et elle m'aimait!

Oui, elle m'aimait; — j'en étais sûr, — vingt fois son regard me l'avait dit.

N'ayant pas d'habit noir, je dus m'abstenir de paraître à la soirée de madame de Vaupreux. De ce jour la maison de ma cousine me fut fermée.

Vainement je me présentai; ces dames étaient invariablement sorties.

Je ne l'ai plus revue, mon ami ; je ne l'ai plus revue!... et de deux !

Oh! tu n'es pas au bout.

Tu me demandais tout à l'heure des nouvelles de mon parrain Gervais.

Il y a trois mois un billet de deuil m'apprenait que sa femme, — ma marraine, — venait de mourir.

Mon parrain, comme je te l'ai, je crois, raconté jadis, et surtout ma marraine, sont brouillés depuis longtemps avec ma mère. Je n'aurais toutefois pas manqué de me rendre à mon devoir dans une aussi triste circonstance.

Mais encore et toujours le maudit habit noir !

Mon parrain est riche. Trahir ma pauvreté à ses yeux par un accoutrement inconvenant aurait trop coûté à mon orgueil.

Je n'assistai pas au convoi et me bornai à écrire une lettre de condoléance et d'excuses, motivée sur une indisposition.

Peu après mon parrain mourait à son tour, et je recevais d'un obligeant notaire copie de son testament dans lequel, ne voulant pas léguer sa fortune à un filleul « qui manquait à « tous les égards dus aux liens de famille, il déclarait me « déshériter et faire abandon de tous ses biens, meubles et « immeubles, aux hospices de la ville de Paris. » Et de trois !

J'étais encore plongé dans la stupéfaction que m'avait causée ce message lorsque entre chez moi mon ami Albert, le seul avec qui j'eusse lié une sérieuse affection.

— Bonjour, me dit-il.

— C'est toi ?

— Je viens te demander un service.

— Parle, tu sais que je suis tout à toi.

— Dieu merci ! c'est une bagatelle.

— Tant pis !

— Je viens t'emprunter ton habit noir pour aller à une messe de mariage.

— Mon habit noir !

— Sans doute. N'en aurais-tu pas ?

J'eusse mieux fait de dire : Non ! L'amour-propre prit encore le dessus.

— Si! parbleu! si, j'en ai un... mais...

— Mais quoi?

— Il ne t'irait pas.

— Nous sommes absolument de la même taille.

— Et puis il n'est pas assez frais.

— N'importe! à la noce comme à la noce!

— D'ailleurs, je m'en souviens... il est chez mon tailleur... J'y fais mettre un collet de velours.

—Ah! il est chez ton tailleur. Suffit, bonsoir. Pardon de mes importunités.

Mon ami Albert sortit, — pour ne jamais revenir.

Et de quatre!

Savoir : une place, une fiancée, un héritage et un ami perdus — pour un habit.

Depuis je n'ai marché que de mauvaises chances en mauvaises chances. Le diable semble attaché à mes trousses.

Comprends-tu maintenant pourquoi je regardais ton costume avec tant d'attention. C'était le coup.d'œil de l'homme qui n'a pas dîné et qui passe devant l'étalage de Chevet.

Mais je te tiens là sur tes jambes. Pardon! avant de te quitter, un conseil.

Au temps où nous vivons, mon cher, il faut paraître si l'on veut être.

Sois bon ou méchant, honnête homme ou homme honnête, lance des actions de société véreuse, côtoie le Code pénal sur tous ses bords, aventure même un pied dans les sentiers qui conduisent à la police correctionnelle : tout s'oublie ou se pardonne.

Mais avant tout et surtout, arrange-toi de façon à avoir un habit noir.

Adieu !

Et le pauvre garçon, mettant au bout de sa phrase un ricanement en guise de ponctuation, s'éloigna en jetant à mon habit un regard suprême...

Sagesse des nations, toi qui prétends que l'*habit ne fait pas le moine,* n'es-tu donc qu'un vain mot — comme les autres sagesses ?

XVII

LES BALS-OMNIBUS

SOIE, LAINE ET COTON.

Plus Paris vieillit et plus on y vit ce que je me permettrai d'intituler la *vie à la gamelle*.

L'*intérieur*, si cher à nos dignes grands-pères, n'est plus considéré que comme un nid où l'on *perche*. — Le mot a fait fortune dans le monde de l'argot. Quant au plaisir, c'est au dehors et en dehors qu'on s'en va le chercher dans une promiscuité qui répugne encore aux délicats, mais charme le grand nombre.

De cette promiscuité l'omnibus est le symbole roulant; le bouillon Duval, le symbole mangeant; le bal public, le symbole dansant.

Ils ont si fort pullulé, ces bals-omnibus, qu'il devient de plus en plus difficile de les classer.

Par catégories?

Mais le souvenir des taxes de la boucherie rendrait ce classement irrévérencieux.

Par castes ?

89 s'y oppose.

Ma foi, puisque le mercantilisme est le roi du monde, empruntons au mercantilisme ses dénominations, et parlons le jargon des magasins de nouveautés : *Tout soie, soie et laine, tout laine, laine et coton, tout coton !*

Ne vous épouvantez pas de la kyrielle. Je n'ai nulle envie de refaire les petits livres multicolores qui ont panaché et panachent peut-être, — je n'y vais pas voir, — les devantures suspectes.

Le temps de passer le bout du nez par-ci par-là.

LES BALS TOUT SOIE.

MABILLE, CHATEAU DES FLEURS, ASNIÈRES.

Habent sua fata... Il y a en vérité une destinée pour les noms. Placer le bal Mabille dans l'allée des Veuves !

Hasard ironique ! euphémisme providentiel ! elles ne sont pas demoiselles et elles sont toujours à marier. — Comme *allée des Veuves* vient à propos !

Veuves de quelle grande armée ?

L'armée des étrangers qui passent et des badauds qui sont passés ; des petits qui font leurs dents et des vieux qui les perdent.

Cette armée évolue autour de la rotonde où règne Pilodo avec une précision qui rendrait jaloux les chevaux de Franconi.

Quand on a tourné de gauche à droite, on a la faculté de

tourner de droite à gauche, à moins qu'on ne préfère se grouper autour d'un quatuor de coryphées en verve de jambes.

Mais, hélas! cette verve-là s'en va de même que les autres.

> Pomaré, Maria,
> Mogador et Clara!

Je ne vous demande pas où vous êtes. Je sais que vous n'êtes plus, cela me suffit.

Chicard n'est guère davantage. L'ombre d'une gaieté tricotant l'ombre d'un avant-deux avec des ombres de tibias! Son ventre seul n'est point une ombre.

Pour remplacer les déesses envolées et les dieux qui s'en vont, de la monnaie de billion de Rigolboches, du frétin de Brididis!

Encore ne se procure-t-on qu'à grand'peine ces appoints. La monnaie est si rare aujourd'hui.

Là aussi les danseurs sont des employés. Ils accomplissent une fonction; ils se trémoussent, — comme on va à son bureau.

Reste pour récréation *in extremis* la ressource de se laisser enlever par *une* lovelace, de se faire tirer sa bonne aventure par un magicien de foire, ou de gagner, pour soixante francs, quatorze sous de porcelaine au billard anglais.

Au Château des Fleurs, il y a une variante. La promenade s'opère en carré au lieu de s'opérer en rond.

A Asnières, il y a deux suppléments : le prix du chemin de fer et les coryzas que le voisinage de la Seine se fait

un plaisir de procurer aux gens qui l'honorent de leur confiance.

Je veux bien, moi!

LES BALS SOIE ET LAINE.

CHATEAU-ROUGE, CLOSERIE DES LILAS.

Les deux antipodes.

Le premier au seuil de Montmartre; le second à la fron-
tière de Montrouge; l'un succursale de l'École de commerce,
l'autre succursale de l'École de droit.

Celui-ci en pleine décadence; celui-là en pleine efflores-
cence.

Ce pauvre Château-Rouge! Les banquets ne lui ont pas
porté chance.

Depuis qu'il fut témoin de l'agape de février 1848, il a été
écrasé par sa popularité politique.

Le *gros* et le *détail* lui délèguent encore quelques représentants, mais où est la vogue d'antan?

A la Closerie des Lilas, parbleu!—Étrange public. Étrange
local.

De loin un Alhambra. De près un hangar sur les planches
duquel un peintre en bâtiment s'est livré à la fougue de son
inspiration. Plus un carré de jardin dont les arbres ont eux
aussi l'air de sentir le vernis.

Sous le hangar, dans le jardin : au masculin : des délégués
de l'art, des lettres, de l'étudiantisme, de la bonneterie, de la
petite bourse, de la garde de Paris.

5.

Au féminin : des robes de soie et des mains sales, des mains propres et des robes de laine ; des maigreurs avec corsets, des embonpoints sans corsets ; des figures d'ange et des voix de poissardes ; des rides sur des visages d'enfant.

Je veux encore bien, moi !

LES BALS TOUT LAINE.

ÉLYSÉE-MONTMARTRE, ERMITAGE.

Le bonnet paraît. La casquette point.

Le vin commence à figurer dans les rafraîchissements, — mais par un reste de respect humain, il se sert chaud.

Beaucoup de fillettes. D'aucunes sont accompagnées par madame leur mère.

Pourquoi faire ?

Le modèle-femme domine. Le rapin-homme est en majorité.

Le piston commet dix couacs au quart d'heure. Le piston étant le baromètre d'un orchestre, jugez si les oreilles sont au beau !

LES BALS LAINE ET COTON.

DOURLANS, CHATEAU DES BROUILLARDS, MILLE COLONNES.

Triomphe du bonnet. Apothéose de la casquette.

Vin à la bouteille.

Robes très-bien blanchies. — Ce que c'est que de travailler pour soi.

LES BALS TOUT COTON.

AU COQ HARDI, AU GRAND VAINQUEUR, etc.

Vin au litre; gaieté *idem*.

Le public masculin s'invite, pour un oui, pour un non, à se *manger le nez*.

Le public féminin se mouche dans des mouchoirs à carreaux et se met une serviette autour de la taille pour empêcher les enlacements du cavalier de *déteindre* sur la robe.

Je veux toujours bien, moi!

*
* *

Et les bals d'hiver?

Pure différence de thermomètre.

Et le bal de l'Opéra?

De profundis!

Et.....

Grâce! — pour vous, si ce n'est pour moi.

XVIII

LE SUICIDE MUSICAL ET LES CAFÉS CHANTANTS

Je ne sais plus quel Allemand *allemandisant* a écrit, dans un accès de rancune rhénane, que les Français n'aimeront jamais la musique.

Oh ! monsieur le Germain ! ne pas aimer la musique, un peuple qui a les concerts, les orphéonistes, l'orgue de Barbarie et qui invente le café chantant.

Car c'est la France qui l'a inventé ! Savez-vous comment ?

Il y a de cela une quinzaine d'années. Devant la porte d'un café des Champs-Élysées, — le *Café du Midi*, — on pouvait voir tous les soirs, hissé sur deux planches soutenues par deux chaises boiteuses, un énorme poussah qui, sous des costumes variés, jouait et chantait la pasquinade.

C'était tantôt une nourrice allaitant un poupard de carton, tantôt un Normand, tantôt un chiffonnier ; bref, le gros homme, — il s'appelait Fleury, je crois, — passait en revue la société entière.

Quelques passants, — assez rares alors, — venaient, en écoutant les lazzis du mastodonte, digérer la bière de mars et l'échaudé traditionnel. Des troupiers galantins poussaient la prodigalité amoureuse jusqu'à conduire la cuisinière de leurs pensées aux séances du *café du Midi,* qui peu à peu vit grossir sa clientèle de hasard. Si bien que l'année suivante un rival parut à l'horizon.

C'était le café des Ambassadeurs. Un voisin ! — Les voisins n'en font jamais d'autres.

Le café des Ambassadeurs amplifia en imitant. Au lieu de l'*artiste* unique, il eut une *troupe.* Hélas !

Il m'en souvient comme si j'y étais.

D'abord un vieux *père nob'e,* orné d'une perruque, d'une guitare, de deux filles et d'un paletot café au lait.

La perruque bornait son rôle à osciller agréablement à chaque mouvement de son porteur, pendant que la guitare grinçait, que les deux filles glapissaient et que le paletot café au lait écarquillait consciencieusement ses accrocs, toutes les fois que le père noble avait le malheur de lever le bras en l'air.

A côté du père noble figurait un *aimable faubourien,* affublé d'un costume grec. Dieu qui sait tout n'a lui-même, j'en suis sûr, jamais su pourquoi.

Notre faubourien hellénique s'égosillait sur de prétendues scènes dramatiques que le public s'obstinait à trouver comiques, entre autres le fameux air de :

> Ami, courage !
> A l'abordage !

qui depuis a fait son tour de France dans le larynx de tous les hurleurs départementaux.

En troisième lieu, un ténor vêtu d'un habit bleu à boutons d'or, quarante ans, romances élégiaques, guitare sur l'abdomen, — comme le père noble. Au quatrième rang un grand gaillard barbu qui chantait en étayant sa voix sur les modulations aigrelettes d'une vielle. Ajoutez à cela un comique grêlé comme la muse de la petite vérole, une contre-basse étique qui louchait des deux yeux, et vous aurez une faible idée de la troupe du café des Ambassadeurs en l'an de grâce 1844.....

Depuis... j'ai rencontré l'aimable faubourien dans la rue d'Amsterdam. Il avait troqué le costume grec de la prospérité contre une blouse bleue qui lui allait infiniment mieux que son travestissement héroïque, et aboyait aux gros sous la complainte des *Feuilles mortes*.

Avoir chanté sur un tréteau avec contre-basse et se voir remis à pied.

Les arts ont des rigueurs à nulle autre pareilles!

Quoi qu'il en soit, le tréteau a fait souche. Un gland contient le chêne, un œuf l'aiglon ; la parade de 1844 contenait le café chantant de 1861.

Fauteuils de velours, gaz coquet et enguirlandé, dames en robe de bal, orchestre complet.

Passez du 1er mai au 25 octobre dans les Champs-Elysées, vous verrez, quand le temps le permet, sur trois scènes rivales une exposition permanente de beautés musicales. Quand le temps ne le permet pas, — les auditeurs, — des gens qui paraissent doués pourtant de leurs facultés mentales, — s'abritent sous l'aile d'un parapluie.

Ce scélérat d'Allemand, qui prétend que les Français n'aiment pas la musique ! Et quelle musique !

Le personnel féminin comprend deux catégories : les dames qui posent et ne chantent pas, les dames qui chantent et posent à la fois. Les premières sont choisies parmi les Françaises vaccinées, munies de trente-deux dents plus ou moins authentiques, et d'attraits plus ou moins irrésistibles.

Celles-là sont destinées à faire nombre et à attirer par le magnétisme de leurs prunelles les cœurs combustibles.

La deuxième catégorie est recrutée un peu partout. Lauréates du Conservatoires qui *ont évu* des malheurs, modistes émancipées, naufragées des théâtres de province. Ce qu'on demande, c'est une voix. La voix étant, on lui fait déchiqueter l'ariette, ou écorniller l'opéra, — à la grande joie du public qui applaudit à rompre ses gants, — quand il en a.

A chaque instant une bouquetière *ad hoc* apporte à l'une des virtuoses un bouquet décoché par une main qui se cache — pour se faire deviner.

Il y a des gens qui viennent ainsi chaque soir déposer leur tribut floral aux pieds d'une prima donna de plein vent. Ceux-là, vous les remarquerez aux tables près de l'orchestre. Ces adorateurs à vue d'œil sont en général des *calicots* dont le magasin ferme de bonne heure, des clercs de notaire qui font l'étude buissonnière, des hommes mariés, — qui soi-disant vont au Cercle.

Au mois d'août un nouvel élément apparaît : le collégien en vacances qui se rase la barbe qu'il aura, fume avec nausées le cigare de l'amour-propre, et consacre les quarante sous de sa *semaine* à l'achat d'une botte de roses pour ces dames.

Jadis même, — temps de cher souvenir pour la clientèle
érotique,— les chanteuses venaient, tirelire en main, solliciter
le monaco des soupirants. Tendre la main avec des gants
beurre frais, c'était triste ! En revanche, comme les adorateurs
surnuméraires glissaient bien alors le poulet d'une main,
l'obole de l'autre !

La quête maintenant est supprimée, et la passion en est
réduite à la télégraphie.

Mais la télégraphie a fait tant de progrès !

Pour le personnel masculin, c'est toujours un monsieur
qui se donne le nom de ténor, comme d'autres prennent le
titre de baron, puis un baryton de contrebande, puis le
héros de la chansonnette comique, manne céleste du café
chantant, invalides des vaudevillistes fourbus.

Parlerai-je de la consommation ?

O Lucrèce Borgia, Brinvilliers, Castaing, parlerai-je de
cette rude concurrence qui vous est faite avec permission de
l'autorité ? Révélerai-je les mystères de la cafetière, et les
secrets de la limonade ? les forfaits de la bière et les scéléra-
tesses de la bavaroise ?

Non ! Puisqu'ils survivent, il y a une providence pour les
Mithridates lyriques. Laissons faire cette providence. Mais
affirmer que les Français n'aiment pas la musique, eux qui
risquent leur vie pour elle !

Eux qui bravent le suicide musical !

Scélérat d'Allemand, va !

XIX

UN CAFÉ CHANTANT AU QUARTIER LATIN

Les cafés chantants d'hiver ne différant des autres que parce qu'aux chances d'intoxication, ils unissent les risques d'asphyxie, je fuis.

Mais il est un établissement qui mérite une mention spéciale, c'est le *Beuglant*, — ainsi que le désigne l'idiome du lieu.

Je place l'objectif. N'bougeons plus !

Neuf heures viennent de sonner aux clochers d'alentour. La fête prend une teinte d'animation.

Sur l'estrade plusieurs dames décolletées, celle de droite est désignée à l'emploi de contralto par une ampleur de formes rehaussée de moustaches adolescentes. Celle de gauche remplace la voix de soprano par une maigreur *dièze*.

Le ténor qui n'a jamais percé... que ses coudes, soupire le *Lac* de Niédermeyer.

L'assemblée, violemment pénétrée des suavités de cette musique, cause de ses petites affaires sur les tons les plus élevés de la gamme parlante.

Les détonations d'un tir au pistolet, et le roulement des billes d'un billard anglais, — on en a mis partout ! — mouvementent cet accompagnement en vrai-bourdon d'une façon non moins imprévue que désagréable.

LE TÉNOR (la main sur le cœur, le regard levé vers le ciel de zinc).

> Un soir t'en souviens-tu ? nous voguions en silence.

Une jeune Grâce qui dans l'intimité se plaît à répondre au sobriquet de Canichette, s'adressant au blond cendré qui l'abreuve de chopes : — Polyphème, passe-moi le maryland, que j'en roule une !

POLYPHÈME. — Canichette, si tu continues, tu feras dévorer mon patrimoine par la régie.

CANICHETTE (belle d'indignation). — J'ai connu des grigous, mais jamais ils n'auraient pu en se haussant t'aller à la cheville.

POLYPHÈME. — Canichette, la musique vous cause des transports, vous avez failli me manquer de respect.

CANICHETTE. — Flûte !

POLYPHÈME. — N'en parlons plus. J'accueille votre rétractation.

LE TÉNOR, poussant avec l'énergie du désespoir un point d'orgue destiné à enlever les bravos :

> . . . . . Qui frappaient en cadence
> Les flots harmonieux !

CANICHETTE. — Est-il sciant, ce grêlé-là, avec son sentiment. Viens-tu à Bullier ?

POLYPHÈME. — Tu n'es jamais bien qu'où tu n'es pas.

CANICHETTE. — Bourreau ! Tu voudrais que je succombasse à une attaque de romance foudroyante.

POLYPHÈME. — De la diffamation à l'imparfait.... Article 421 du Code criminel.

CANICHETTE. — Viens du moins flâner autour du billard.

POLYPHÈME (geste d'Hippocrate refusant les présents d'Artaxerxès). — Je repouse la motion à l'unanimité.

CANICHETTE. — Mon petit Phême !

POLYPHÈME, vacillant. — Si tu me prends par les abréviations.

CANICHETTE. — Mon Phéphème...

POLYPHÈME. — Compliquées de redoublements. Allons-y !

CANICHETTE. — Adoré, va ! (Ils se lèvent.)

LE GARÇON, avec un empressement intéressé. — Monsieur ! (Plus haut.) Monsieur ! ! (Très-haut.) Monsieur ! ! !

CANICHETTE (exécutant une courbe). — J'ai perdu quelque chose ?... Rendez, homme probe, rendez !

LE GARÇON (ahuri). — Monsieur n'a pas payé !

POLYPHÈME (se révoltant). — Pas payé ?... Savez-vous bien, garçon... (changeant de ton) que c'est la vérité. Oubli n'est pas compte, voici trente sols parisis.

LE GARÇON. — Monsieur, c'est deux francs.

CANICHETTE et POLYPHÈNE en duo. — Deux francs ! deux canettes.

LE GARÇON. — Oui, monsieur, mais ne parlez pas si haut.

POLYPHÈME (criant). — C'est une iniquité. Négocier le houblon au poids de l'or.

Le ténor, achevant son *Lac.*

Tout... out dise, ils ont aimé!

Le garçon. — Encore une fois, monsieur...

Polyphème. — Garçon, ton patron est un accapareur.

Canichette. — Pour deux francs on a un chapeau dans la
rue Soufflot.

Le ténor. —

Tout... out dise. . . . .

Polyphème. — Voilà cinquante centimes, mais rendez
grâce aux convenances qui militent en faveur de ce Duprez de
hasard, sans quoi j'aurais soutenu... Bravo, il a fini. Bravo!
bravo!

Canichette. — Bis! bis!

Le garçon. — Madame, les *bis* sont défendus.

Polyphème. — Bravo! bravo! Je le rappelle pour mes dix
sous. C'est un droit qu'a la porte...

Le ténor reparaît et s'incline avec une aisance pleine d'embarras. Le public qui n'a pas entendu un seul mot de la romance applaudit des pieds, des mains, des verres, des tables,
des tasses.

*
* *

INTERMÈDES.

Le billard anglais, situé dans le café, est entouré par une
société choisie..... parmi la bohème du quartier. Trois

dames et trois messieurs très-gais la composent. En apercevant Canichette, un hourra s'élève vers les voûtes de
l'édifice.

CANICHETTE. — Je fais une partie.

POLYPHÈME. — Pour gagner une pastille de menthe, il faut
être millionnaire.

LE MARCHAND. — Monsieur, je vous assure.....

MADEMOISELLE CARABINE. — N'en croyez rien, j'ai perdu
huit sous.

POLYPHÈME (majestueux). — Vous l'entendez, Canichette,
la vérité sort de la bouche de l'innocence.

CANICHETTE. — Allons au tir!

LE CHŒUR. — Oui, oui! Au tir!

UN DES TROIS MESSIEURS. — Au préalable, je paie un
punch.

LES TROIS DAMES (avec lyrisme). — Le punch est adopté.

UN DES TROIS MESSIEURS. — Garçon! un punch à la romaine!

LE GARÇON (avec assurance). — Bon! (Après avoir fait deux
pas il revient, et d'un ton insinuant:) Monsieur, nous n'a-
vons pas de punch à la romaine, mais on pourrait le remplacer par des grogs au vin.

POLYPHÈME. — Garçon, cette réponse honore votre imagination, mais déconsidère votre établissement. Nous ne pren-
drons rien. Allons au tir.

En se rendant au tir, situé également dans le café, le chœur,
s'apercevant que le contralto à moustaches va esquisser un
air, fait halte d'un seul et même pied et pousse un formidable cri de satisfaction.

Ce devoir accompli, la société reprend sa marche.

CANICHETTE (qui vient de faire mouche, s'adressant à un gros commerçant fourvoyé dans ces lieux). — Eh ! bien, major, pas vrai qu'on a de l'optique ?

LE GROS COMMERÇANT (visiblement flatté). — Mademoiselle est adroite comme une fée.

POLYPHÈME (intervenant). — Canichette, je vénère l'absence de cheveux de monsieur ; nonobstant, si ce colloque continue, je me verrai dans la pénible nécessité de l'engager à changer de place avec la poupée.

Le major bat en retraite avec entrain.

MADEMOISELLE CARABINE. — Totole, à toi !

TOTOLE. — Malheureuse, tu veux donc que je commette un crime ?

MADEMOISELLE CARABINE. — Comment un crime ?

TOTOLE. — Si je tire en ce moment, je fais mouche dans l'œil du marchand.

POLYPHÈME (s'échauffant au contact de ses amis). — Moi, je demande que le ténor vienne me recommencer le *Lac* pendant que je tirerai une pipe qu'il tiendra à la main.

CANICHETTE. — Moi, je sollicite le nez du comique en guise de cible.

TOUS. — Moi !... Moi !...

L'enthousiasme est à son comble. Survient un sergent de ville qui prie la société de sortir. La société courroucée proteste. Le sergent de ville lui fait comprendre qu'il est onze heures et que l'établissement ferme.

ÉPILOGUE.

Les becs de gaz sont éteints, les tables dégarnies. La porte entrebâillée laisse passer la dernière chanteuse, qui a remplacé la robe décolletée par une indienne ultra-modeste et abrite l'extrémité supérieure de ses charmes par un parapluie, l'extrémité inférieure par des socques articulés.

Un étudiant de première année (qui rôde depuis un quart d'heure sur le parvis s'approche précipitamment). — Madame !

Le contralto. — Monsieur désire m'offrir une voiture?

L'étudiant de première. — Non, madame..... mais mon cœur a.....

Le contralto (l'écrasant de l'œil). — Galopin !

L'étudiant (tragique de désespoir). — Si belle ! tant de moustaches ! un creux pareil ! et pas d'âme !... Encore un chapitre de plus pour ma satire sur la décadence de l'art et la démoralisation de la femme !

XX

JE ME PROMÈNE, TU TE PROMÈNES, IL SE PROMÈNE.

De tous les verbes dont est dotée la grammaire française, aucun n'est plus cher au cœur du Parisien que le verbe *se promener*.

Aussi le conjugue-t-il par tous les temps et avec toutes sortes de personnes.

On se promène en *solo* comme les philosophes, en *duo* comme les amoureux, en *trio* comme les amis, en *chœur*, comme les processions de famille que le dimanche lâche à travers rues et carrefours.

On se promène par hygiène comme les convalescents; par désœuvrement comme les rentiers; par nécessité comme les vagabonds; par amour-propre comme les gandins et les coquettes; par sentimentalisme comme les coureurs d'aventure; par curiosité comme les étrangers en voyage; par intérêt comme les voleurs à la tire; par profession comme les employés de la poste aux lettres.

Où se promène-t-on?

Partout. Toutes les promenades comme tous les goûts sont

dans la nature. Les bohèmes affectionnent pour ce genre d'exercice les carrières de Montmartre, et les Anglais l'intérieur de la marmite des Invalides.

Le vulgaire cependant s'obstine à préférer les jardins que l'édilité offre à la flânerie publique.

Le vulgaire est banal en diable !

Le premier sur la liste des rendez-vous favoris de la vie ambulante est inscrit le jardin des Tuileries.

Ne s'est-on pas avisé d'y introduire des marionnettes, dans cet éden créé par Le Nôtre ?

Des marionnettes aux Tuileries ! Mais il y a longtemps, trop longtemps même que les marionnettes vivantes et parlantes y donnent des représentations gratuites.

Sans prétendre offenser l'*impresario* de la scène nouvelle, je doute que les siennes soient de taille à soutenir la concurrence.

Et je le prouve.

XXI

LES MARIONNETTES AUX TUILERIES

Le théâtre est en pleine activité. Cinq heures. La grande séance !

L'orchestre, — un excellent orchestre militaire, — exécute l'ouverture. La toile est levée.

Là-bas, le camp des nourrices ; les cris de tous les jeunes citoyens à la mamelle leur donnent la réplique.

— Couen ! couen !

— Satané mioche !... je vais lui administrer le fouet.

— Couen ! couen !

— Va-tu te taire ?... Croyez-vous, ma chère, que dans ma cassine de maison on me compte les morceaux de sucre.

— Couen ! couen !

— Il ne finira pas ce drôle-là... Pan ! pan !... Ciel ! madame !... Do, do, l'enfant do !... Dors, mon **chérubin** !... Voyez, madame, comme il est sage ce pauvre ange. Je le soigne si bien ! Dors ! mon mignon.

Marionnettes Darbo.

Plus loin les bambins et bambines d'un âge plus avancé.

— A mon beau château, l'on y danse.

— Veux-tu jouer aux billes ?

— Monsieur, maman a défendu qu'on me tutoie parce que papa est riche, qu'il a deux maisons et qu'il gagne de l'argent à la Bourse.

— Aristo !

— Et puis maman ne veut pas que je joue avec les petits garçons qui ont des pièces aux coudes.

— C'est bon ! si je te rattrape dans un coin...

— Mesdemoiselles ! mesdemoiselles ! nous allons sauter à la core.

— Oui ! à la corde !

— Tiens, tu n'as pas de robe de soie, toi ? Pourquoi donc ?

— Je ne sais pas, c'est ma mère.

— Elle est donc portière ta mère ?

— Vous vous moquez toujours de moi.

— Bah ! ça vexe mademoiselle... Allez donc, petite vagabonde.

Aimable naïveté ! Marionnettes de l'avenir !

Ah ! ah !... Deux hommes graves. L'un a pris à la cabane aux journaux pour un sol de *Pays* et l'autre pour cinq centimes de *Gazette de France*.

Une paire de prudhommes que je vous présente.

— La situation est tendue, hum ! hum !

— Monsieur dit ?

— Que la situation est tendue.

— En effet, si la Hongrie bouge.

— Je partage cet avis, si la Hongrie bouge...

— Et Naples !

— Oh ! oh ! Naples !

— Moi, monsieur, si j'étais vingt-quatre heures au timon des affaires.

— Parbleu ! mais les places sont prises.

— C'est une supposition.

— J'entends... et je vous réponds : parbleu !

— Vous avez raison. Car enfin si tout le monde voulait s'accorder...

— Les divisions cesseraient par enchantement.

— Malheureusement...

— Ne m'en parlez pas... La situation est d'un tendu.

— Monsieur, à vous rendre mes devoirs.

— J'ai bien l'honneur...

Marionnettes de la gravité, — les plus burlesques peut-être.....

Mars et Vénus! Mars appartient au 31e de ligne, Vénus est bonne à tout faire.

Vous connaissez la ritournelle.

Marionnettes galantes.

Jambe de bois et la croix d'honneur. Faisant sur le sable des bonshommes avec le bout d'une canne en parlant du *petit caporal.*

Marionnettes héroïques !

Un jeune homme ganté de clair et lorgnon à l'œil. Douze cents francs d'appointements au ministère. Le soir on dîne à dix-sept sous, le matin on déjeune d'un petit pain. Dans la journée on expédie des additions, à la sortie du bureau on exhibe des gants et un lorgnon aux Tuileries, tout en monologuant.

— Elle m'a regardée!... Ce doit être une veuve : repassons encore une fois.

Un beau mariage peut-être! Mes gants de peau de chien font leur effet.

Il me semble qu'elle a souri. Ah! mon lorgnon, que je te remercie!

Exhibons un mouchoir à vignettes...

Marionnettes de la mode.

La veuve putative, elle, est une *dîneuse*. Elle chasse le beefsteack sur les terres de l'État.

La dîneuse fait de la tapisserie avec accompagnement de sourires. Les sourires jusqu'à cinq heures sont épanouis. A cinq heures et demie, ils jaunissent. A six heures, ils se changent en grimaces.

Marionnettes gastronomiques.

*
* *

Quelque perfectionnés que puissent être les pantins du petit théâtre des Tuileries, j'en suis pour ce que j'ai avancé.

J'aime mieux les autres.

XXII

LES PROMENADES A VOL D'OISEAU

Les suppositions ne coûtent rien, n'est-il pas vrai ? J'entends bien tous les dimanches un pauvre diable dépenaillé vociférer à tue-tête dans ma cour :

> Ah ! si j'étais le roi d'Espagne,
> Tu serais reine, sur ma foi !

Je puis par conséquent, et toutes proportions gardées, supposer — pour deux ou trois pages — que j'ai inventé la navigation aérienne.

Le ballon est gonflé. Je romps

> Le dernier lien
> Qui me rattachait à la terre
> Eé..éè..éè..ère !

En route pour le train de plaisir au-dessus des promenades parisiennes !

LE PALAIS-ROYAL !

En 1800, — souvenez-vous-en...

C'est convenu ! Le 113, la roulette, les folles orgies, les galeries de bois, les modistes provoquantes. C'est convenu !

En 1861, un bazar où l'on remue les diamants à la pelle, une cuisine où l'on brasse les fricandeaux à la voiture. Un jardin qui sent le graillon ; un bassin qu'une lady trouverait trop petit pour en faire son lavabo, deux parterres que j'ai toujours envie d'offrir dans une boîte, à mon neveu, quand revient le jour de l'an ; des tilleuls qui feraient de jolies cannes pour un tambour-major. *Sic transit gloria mundi.*

LE LUXEMBOURG !

Un vrai beau jardin. — C'est sans doute pour cela qu'on va le mutiler, afin qu'il n'humilie pas les autres.

Des professeurs et des élèves. La douillette de la vieillesse côte à côte avec la vareuse de la jeunesse. L'antique gouvernante qui guide les derniers pas, et la maîtresse qui préside aux faux pas. Promenade sans cérémonie, où l'ouvrier vient respirer à l'aise. Accessoires : un jeu de paume où, sous prétexte de s'assurer une longévité dérisoire, des messieurs en gilet de flanelle font des agaceries aux coups de soleil et aux coups de sang.

La galerie suit ce divertissement avec beaucoup d'intérêt. Je présume que c'est pour s'en dégoûter.

Du Luxembourg on découvre l'Observatoire, de l'Observatoire — on ne découvre rien.

LE JARDIN DES PLANTES !

Il y a des gens qui prétendent que le Jardin des Plantes est un lieu où les hommes jouissent du spectacle des bêtes. Je suis persuadé, moi, que c'est un lieu où les bêtes jouissent du spectacle des hommes.

Des serres splendides ; — mais des serres ne sont-elles pas
toujours une infirmerie ?

Clientèle flottante : les 89 départements et les 5 parties du
monde.

Clientèle fixe : les pensionnaires des maisons de retraite de
la rue Lacépède.

La clientèle flottante se complaît surtout à admirer la collection de bocaux dans lesquels le Muséum conserve précieusement des échantillons de toutes les difformités.

La clientèle fixe se groupe de préférence autour du cèdre
du Liban et se raconte trois fois par jour que cet arbre a été
apporté dans un chapeau par M. de Jussieu.

Trois autres fois par jour, la clientèle fixe se raconte qu'elle
a été dépouillée par des fils ingrats.

Le père Goriot est un habitué à perpétuité du Jardin des
Plantes.

La clientèle fixe suit enfin avec assiduité, pendant l'hiver,
le cours d'Anthropologie comparée ouvert dans une des salles
du Muséum.

Le professeur s'attribue le mérite de cette influence. Qu'il
supprime le poêle et nous verrons !

LES CHAMPS-ÉLYSÉES.

Une grande route qui ne tardera pas à être bordée de
maisons d'un bout à l'autre.

On la traverse, on n'y séjourne plus.

Le soir seulement les mélomanes y siégent au concert Mu-
sard, où « sans danger la mère conduira sa fille. »

Ancienne patrie du saltimbanque, — type perdu et peu regretté. Des artistes s'y faisaient alors casser des pavés sur l'estomac.

On a proscrit le pavé de peur que sa vue n'exaspérât trop vivement les victimes du macadam.

Navigables du 1er octobre au 31 avril, grâce aux lagunes de ce liquide.

LE BOIS DE BOULOGNE !

Un délicieux décor d'opéra.

Les arbres ont des faux-cols, les fleurs doivent avoir des chancelières sous les racines ; il est question de mettre des paillassons aux grilles et des crachoirs dans les gazons.

On m'a assuré que depuis sa splendeur on n'y laisse plus entrer les ânes. Je n'en crois rien.

Si jamais vous apprenez pourquoi tout le monde s'y attroupe autour d'un seul point et laisse désertes les parties les plus pittoresques, je recevrai avec reconnaissance vos communications à cet égard.

États de service : A tué sous lui le Pré Catelan.

Actes de dévouement : A pris sous sa protection le Jardin d'Acclimatation.

LE BOIS DE VINCENNES.

Autre décor. Autres faux-cols. Autres chancelières.

Une mauvaise habitude pousse les gens qui ont le désir de se suicider à y accrocher trop souvent des pendus aux arbres.

États de service : A perforé, pour cause de tir national, deux kilomètres de carton, l'année dernière.

Sans compter que cela a recommencé cette année.

LES BOULEVARDS!

Café d'une demi-lieue de long sur quelques pouces de large.
Renvoyés à cet article...

. . . .

Je jette du lest. Le ballon descend. L'excursion est finie.

Salut, ma maison sédentaire
Ai, ai...ai, ai...ai, ai...aire!

XXIII

LE FLANEUR

LES MONOLOGUES DE L'ÉTALAGE.

En dépit de toutes les séductions accumulées par les jardins et les squares, le flâneur de race préférera toujours aux autres promenades, la promenade de la rue.

C'est là qu'il règne, c'est là qu'il est heureux.

Les mains dans les poches, le nez au vent, il s'avance insoucieux. Le hasard à tout instant pourvoit à ses plaisirs.

Une voiture accrochée, une roue cassée, un passant écrasé, tout fait nombre.

N'a-t-il pas d'ailleurs sous le regard le panorama des étalages ?

Ils sont si pimpants, si coquets, si provoquants, les étalages parisiens, que les boutiques de pharmaciens elles-mêmes, avec leurs flacons multicolores, y poétisent l'eau de Sedlitz.

Et puis tous ces objets divers ont une voix. Chacun parle son langage, chacun porte son enseignement.

Ce langage, le flâneur le comprend ; cet enseignement, le flâneur le médite.

Les étalages sont pour lui des causeurs plus intéressants que bien des gens de sa connaissance. Tour à tour austères, sceptiques, frivoles, ils conseillent, ils raillent, ils séduisent, ils racontent la vie.

Et voici ce que le flâneur entend.

L'ÉTALAGE DES MAGASINS DE NOUVEAUTÉS.

Des prodiges de mousseline, des miracles de soie brochée, rayée, panachée, des chefs-d'œuvre de cachemire, sont groupés dans ce désordre qui est l'effet de l'art. Çà et là, pour servir de repoussoir, quelques indiennes honteuses montrent timidement le bout de leurs humbles petits bouquets imprimés.

Une *jeunesse* toute simplette s'arrête : ses yeux errent, avec des effarements de convoitise, du Charybde de la soierie au cylla des châles de l'Inde. La conversation s'engage :

— Pauvre chère enfant ! commencent les tentateurs marqués en *chiffres connus*. Pauvre chère enfant ! Si jolie et dans un pareil costume ! Si pourtant tu voulais !

Regarde nos plis onduleux ; vois nos étoffes chatoyantes. Ta taille fine et mignonne que déforme un affreux étui de laine, se cambrerait fièrement dans notre prison de satin ; tes épaules qui semblent frissonner sous ta maigre pélerine seraient douillettement blotties dans un nid moelleux. Tu es belle, mais tu le serais cent fois davantage. A ta vue on se retournerait avec admiration. Les femmes t'envieraient. Tu serais reine, — si tu voulais !

Sur le front de la jeune fille a glissé un voile de mélancolie.

Elle envie, elle frissonne, elle hésite : Si je voulais! on me l'a déjà dit!

— Fillette, murmure alors la robe d'indienne du fond de sa retraite; fillette, ne les écoute pas; ils ont menti, ou plutôt ils te cachent une partie de la vérité! Fillette, leur luxe pour toi ne serait qu'une livrée. D'autres se sont comme toi arrêtées à leurs doux propos, d'autres simples et candides; elles pleurent aujourd'hui ces élégances que tu ambitionnes. Pense à ceux que tu aimes et qui rougiraient de t'avoir aimée.

Crois-moi, je me ferai si coquette que les plus brillantes, si tu ne me dédaignes pas, en deviendront jalouses: Leurs splendeurs s'achètent, ta pureté ne se vend point.

— Ne prends pas garde à ces radotages, ripostent les tentateurs; le temps des églogues n'est plus. Le travail sied mal à des mains délicates; ce n'est pas dans le cuivre qu'on enchâsse le diamant.

A toi les bals, les fêtes, les cavalcades, les coupés insolents! viens à nous! viens!

— Hélas! soupire la robe d'indienne à demi vaincue, toi aussi, renonceras-tu au bonheur pour son ombre?

Les voix se taisent. La jeune fille s'éloigne, — mais elle s'éloigne soucieuse. Ne sera-ce pas le prologue d'un drame dont on ne devine que trop le dénouement?

L'ÉTALAGE DU COIFFEUR.

Des cascades de cheveux de toute nuance s'étagent au-dessus d'un arsenal de parfumeries.

7

Un monsieur les examine.

— Bonjour, l'ami !... Tu admires mes tresses ondoyantes ?
et en les admirant tu penses à elle. Hein ? tu fronces le
sourcil. Serais-tu sur le point de te marier et crain-
drais-tu ?.....

Elle a de beaux cheveux, n'est-ce pas ? et tu te demandes si
par hasard la nature ne nous aurait pas appelés à son secours ?
C'est chose rare, l'ami, que de beaux cheveux.

Bast ! il n'y a que la foi qui sauve. Au revoir. Cela t'apprendra à muser aux devantures au lieu de courir auprès d'elle
qui t'attend sans doute.

Bonne chance et bon ménage ! Si jamais ton idole a besoin
de renouveler ses tresses, nous te traiterons dans les prix doux.
Retiens l'adresse, — c'est prudent.

Le monsieur part en proie à de visibles préoccupations.

L'ÉTALAGE DU MARCHAND DE COMESTIBLES.

— Qui veut des truffes, du champagne, du pâté de foie
gras, des ortolans ? Hé, là-bas, l'homme, vous qui nous dé-
vorez des yeux, pourquoi n'entrez-vous pas ?

Suspecteriez-vous notre maison ? une maison à trois quar-
tiers de gourmandise ! Monsieur n'aime pas les truffes ? Qu'à
cela ne tienne. Voici des saumons veloutés de rose, des tan-
ches, des truites...

Vous ne vous décidez pas encore ? Diantre ! on est difficile, à
ce qu'il paraît.

Vous faut-il des mets étrangers ? Du caviar de Russie, des
confitures du sérail, des bananes d'Amérique ? Parlez !...

Comment, pas de réponse ? Monsieur serait-il blasé et n'aurait-il jamais faim ?...

Jamais faim ! Un jeûne de l'âge le plus navrant. Les truffes
sont sans pitié.

L'ÉTALAGE DU MARCHAND DE BRIC-A-BRAC.

Un portrait de femme en robe de cour Louis XV se balance
mélancoliquement à la porte.

— J'étais jeune, j'étais jolie, adulée, encensée... Il me souvient encore d'un bal où j'éclipsai l'astre de la Pompadour
elle-même.

En ce temps je trônais au beau milieu du salon.

Bientôt je devins une douairière ; mais en cette qualité
j'avais conservé mon poste d'honneur, lorsqu'un jour, quelques années après la mort de celle dont je reproduis l'image,
— son fils accrocha à ma place le portrait de sa jeune femme,
— et je fus relégué dans la chambre à coucher.

A la seconde génération, j'étais dans une galerie écartée ; à
la troisième, j'entrai dans une armoire ! Là, mon éclat fut
terni par la poussière, les rats attaquèrent les ruches de ma
robe gorge de pigeon ; — car l'armoire n'était jamais ouverte.

On l'ouvrit pourtant. Ce fut pour m'envoyer avec un vieux
lot d'antiquités à l'Hôtel des ventes. Aux enchères ! moi !
quelle humiliation !

Depuis j'ai passé par les mains de plus de trente Auver-
gnats ; une dernière fois, on m'a cédé, dans un échange de
ferrailles, par dessus le marché !

La pluie, le froid, le soleil me torturent sans respect, ma
peinture crevassée tombe par écailles de tous côtés. De loin en

loin, un badaud impudent se plante devant moi sur ses deux pieds et me toise d'un air dédaigneux, sans songer qu'autrefois on ne me regardait que chapeau bas!

Quand trouverai-je une âme charitable qui m'arrachera ces profanations, — fût-ce pour me liver au feu?

L'ÉTALAGE DU MARCHAND DE PARAPLUIES.

— Victoire! Le temps se décide à nous être favorable. Quelle averse!... Ah! l'on nous raille, on nous insulte, on nous traite de *riflards*.

Riflard soit! mais riflard vous serait bien cher, monsieur, qui essuyez votre beau pardessus tout neuf.

Et ce vieux qui s'en va en couvrant son chapeau d'un foulard. Je gage que c'est un avare. Il nous aperçoit, il balance; il ne peut se déterminer à une semblable dépense.

Pendant ce temps-là l'averse descend toujours. Quinze francs de gibus sacrifiés, douze francs d'économisés; il n'y a que l'avarice pour calculer si juste.

Courage! chère rafale, souffle en foudre sur ces sacripants.

Voilà comme le riflard se venge.

On aura beau dire et beau faire, le parapluie :

> . . . . poursuivra sa carrière
> Faisant ruisseler sa gouttière
> Sur ses obscurs blasphémateurs!

L'ÉTALAGE DU LIBRAIRE.

— Jaunes, verts, bleus, rouges... nous avons l'habit d'Arlequin, —quelquefois nous en avons l'âme. C'est nous qui dispensons la renommée — ou le ridicule. Les auteurs passent, les livres restent. Pas toujours! Rien ne ressemble sous notre couverture à un homme d'esprit comme un imbécile.

Mais le temps arrive et opère le triage. A la hotte les éphémères! A l'avenir les immortels! — soit dit sans personnalités académiques.

Passant, consulte nos titres et nos signatures, et qu'aujourd'hui les grave dans ta mémoire, car demain les aura peutêtre oubliés.

Si nous pouvions nous révolter, que d'ennuis nous épargnerions au lecteur. Non ! le papier se laisse faire. C'est la destinée.

Il y a une providence pour les épiciers !

L'ÉTALAGE DU MAGASIN DE DEUIL.

Miserere !... Une héritière, s'il vous plaît. Voici l'héritière demandée.

Boucles d'oreilles, robes de toutes sortes, chaînes de jais, agrafes, la boutique y passera et la coquetterie n'y perdra rien.

Encore une cliente : celle-là n'a pas hérité. Un simple châle pour accompagner une antique robe noire.

Mais ses yeux sont rouges de larmes, sa main tremble en prenant la lugubre emplette.

Le deuil ne fait pas le regret.

Chacun nous arrive à son tour, mais jusque-là chacun passe indifférent.

De profundis !... Trop souvent l'oubli seul nous répond !

Vous ne vous étonnerez plus désormais, quand vous surprendrez un flâneur campé immobile devant une boutique, les yeux dans le vague, l'air sérieux dans l'oisiveté.

C'est un interprète-juré en train de se traduire les monologues de l'étalage.

XXIV

LES SUIVEURS

L'origine du suiveur se perd dans la nuit des temps.

Un historien éminent, — le substantif ne va pas sans l'adjectif, — a récemment publié à Berlin un volume de 493 pages, pour prouver que la prise de Troie et ses résultats sont dus à un membre de cette confrérie : Pâris, qui suivit Hélène un jour qu'elle revenait des bains Vigier de sa localité.

Jusqu'à présent on avait pensé que c'était Hélène qui avait suivi Pâris.

Antoine suivit Cléopâtre, tous les héros de romans moyen âge, Louis XIII, Louis XIV et Louis XV, débutent en suivant leur future héroïne par « une belle matinée de printemps » ou « une brumeuse soirée d'automne.»

Tous répètent l'hémistiche du poète :

De ta suite, j'en suis.

Et l'apophthegme du philosophe : Je pense, donc je *suis*.
Rétif de la Bretonne suivait les femmes pour raisons litté-

raires ; à seule fin d'obtenir d'elles... le récit de leur histoire.

Si l'histoire en valait la peine, il courait à l'imprimerie et lui-même composait, sans l'écrire, l'aventure qui passait à l'actif de son imagination.

Gérard de Nerval suivait les femmes platoniquement. Un joli bout de bottine, un bas bien tiré, une tournure engageante lui suffisaient. Un livre sous le bras, — il en avait au moins un, — il prenait la piste, à distance, respectueusement. Il était trop fin gourmet pour courir sus au visage. Mieux il aimait faire à l'inconnue une beauté idéale. — Ces poètes !

La bottine entrait-elle dans une maison, Gérard, à distance toujours, s'adossait à un renfoncement de porte cochère, ouvrait paisiblement son livre et en continuait la lecture jusqu'à ce que la bottine réapparût à l'horizon. Sur quoi, l'escorte recommençait régulière et silencieuse. Car il suivait à bouche close, — encore par crainte des désillusions sans doute.

Le soir, quand, après avoir remisé la bottine, il rencontrait un ami :

— J'ai passé la journée avec une femme adorable, disait-il placidement.

On savait ce que « passer la journée » voulait dire, et l'ami souriait aussi.

La corporation des *su veurs*, — c'est maintenent une corporation, — ne manque pas, on le voit, d'illustres ancêtres.

Mais, comme d'ordinaire, les descendants sont bien dégénérés ! Le gourmand a remplacé le gourmet.

Maintenant le suiveur parle, — il parle même trop, vu la qualité de ses discours.

Les naturalistes comptent trois espèces principales de *suiveurs* : le *suiveur au bonjour*, — comme le voleur, c'est flatteur ! — le *suiveur au parapluie*, le *suiveur au mouchoir*.

Le suiveur au bonjour en est resté à l'enfance de l'art :

— Pardon, madame, n'ai-je pas eu le plaisir de vous rencontrer chez madame de...... *ou* chez Markowski, *ou*...... (le lieu de la rencontre varie suivant l'importance du sujet).

La réponse, dix fois sur onze, est négative... Tant pis pour la onzième, car alors...

Les dix autres fois, le suiveur qui avait prévu l'objection et s'était servi de la question comme les soldats se servent dans un assaut de l'échelle à crampons, — le suiveur démasque sa première batterie :

— C'est étrange, en vérité !... quelle ressemblance !... Pourtant, en y regardant de plus près, je vois bien qu'elle était moins jolie que vous.

Le suiveur s'interrompt pour savourer son madrigal. On presse le pas.

Seconde batterie.

Si c'est le soir :

— Ne craignez-vous pas, seule à cette heure...

Si c'est le jour :

— Ne craignez-vous pas, seule dans ce quartier... si j'osais, madame, vous offrir mon bras... je suis un galant homme...

Le suiveur se décerne volontiers cette qualité, — comme il n'y a pas de témoins !

7.

L'attaque se poursuit ainsi sur le rhythme *pompier se rendant à un incendie,* pas redoublé.

A moins que le pas ne se ralentisse. Dans le premier cas, bon pour un point de côté perdu ; dans le second, bon pour une imprudence. Le suiveur au parapluie ne diffère du précédent que par la façon d'entrer en scène.

En outre, il n'opère qu'avec permission du baromètre. Les orages et les giboulées sont pour lui le signal de l'ouverture de la chasse...

— Si madame voulait me permettre... Une fluxion de poitrine est sitôt prise...

Faible d'imagination, le suiveur au parapluie.

Le suiveur au mouchoir est plus ingénieux.

Mise de fonds : un carré de batiste.

Faux frais : le blanchissage dudit carré.

— Mon Dieu, madame, n'est-ce pas vous qui venez de perdre votre mouchoir?...

C'est un prologue, ça. On file ensuite la scène suivant les prescriptions du répertoire.

Casuel : l'éventualité, possible — où la dame répond avec aplomb :

— En effet, monsieur, je vous remercie.

Et s'éloigne en enfermant sans sourciller la batiste dans sa poche.

Ce n'est là, d'ailleurs, qu'un des mille risques du métier.

Le suiveur est exposé :

A suivre sa propre femme,)
Ou une négresse,   } de dos.
Ou sa grand'tante,   )

A tomber sur un mari,

Ou un frère,   ·   } de face.

Ou un père,

A débiter sa prose à une femme borgne,
Ou louche,   } de profil.

A recevoir une volée { de profil,
de face
et de dos.

Cas rédhibitoires : la myopie.

Conditions exigibles : du jarret, de l'audace, de la prestance.

Ne pas faire l'honneur de les ranger dans la catégorie des *suiveurs*, au suiveur brutal qui nécessite l'intervention du sergent de ville, non plus qu'au suiveur comptable, pour qui deux et deux font quatre.

Ceux-là sont les gâte-métier.

Le métier, du reste, se gâte de lui-même, et un suiveur me disait l'autre jour :

— Mon cher, cela ne va plus.

— Ne rencontreriez-vous que des rebelles?

— Au contraire!...

Était-ce fatuité ou délicatesse?

XXV

L'INSPECTEUR PRIVÉ DES TRAVAUX PUBLICS

L'amoureux du moellon. — Il lui faut un vaste cœur et de terribles jambes par le temps qui court.

Gavarni vous a offert autrefois le portrait de cette variété de l'espèce *promeneur*, *de ce suiveur de pierres*.

De quarante-cinq à cinquante, favoris, demi-ventre, col droit.

Avant l'invention de la démolition contagieuse, l'inspecteur privé des travaux publics concentrait ses affections sur un seul objet.

— Ma maison marche, disait-il en se mettant à table. On posera mes zincs demain.

A présent ses affections rayonnent. Il a, lui aussi, reculé ses barrières.

Et il dit :

— Nous perçons joliment notre boulevard Malesherbes... Nos trois églises sont en fameuse voie... Nous avons démoli ce mois-ci nos deux cent soixante-quinze immeubles.

Les jours où les terrassiers lui ont parlé, il se répète le mot de Titus.

Si par méprise un agent-voyer l'a salué, il se baisse pour passer sous sa porte cochère.

L'inspecteur privé des travaux publics sonde volontiers, du bout de son jonc à pomme, les traverses de fonte qu'on vient d'apporter au bâtiment, cligne de l'œil au ras des maisons pour s'assurer de l'alignement d'une voie en cours de percement et s'empresse de pousser à la roue quand une voiture de pierres de taille éprouve une résistance inattendue.

Au demeurant, le meilleur homme du monde.

Quelques faiblesses ; par exemple, au dessert, murmure parfois :

— Si l'architecte de Sainte-Clotilde m'avait écouté, il aurait fait un clocher plus court que l'autre.

— Je les avais prévenus que le pavillon du Louvre ne serait point en face de celui des Tuileries.

— Si l'on m'en croyait, dans un mois on aurait rasé la butte Montmartre pour adoucir la pente à l'omnibus des Martyrs.

Que diable ! on n'est pas parfait.

XXVI

SA MAJESTÉ L'ESTOMAC

Un vers fameux, — qui n'était pas un fameux vers, — a conféré depuis le siècle dernier le sceptre du monde au très-haut et très-puissant seigneur Neptune.

S'il y avait lieu de procéder à une nouvelle élection, je me sentirais capable, — poésie à part, — de décerner la royauté d'ici-bas à Sa Majesté l'Estomac.

Triste majesté, grommelez-vous.

Oh! oui, plus triste même que vous ne le supposez ; car ce souverain de la digestion passe par de bien cruelles épreuves.

Tantôt victime de son trop de richesses, comme feu Crésus ; tantôt dupe des flatteries des courtisans qui ne mettent Sa Majesté en belle humeur que pour mieux la perdre ; tantôt à bout de ressources comme un sultan qu'il est, l'estomac a tous les inconvénients de la grandeur en même temps que toutes les misères de la condition mortelle.

Avec tous les instincts de l'absolutisme, il est, la plupart du temps, forcé de subir la tyrannie des révolutions. Il a le droit de vie et de mort sur ses sujets, mais les sujets sont parfois de misérables régicides.

Si nulle part il n'a plus de puissance qu'en sa résidence de Paris, nulle part il n'y est exposé à de plus soudaines vicissitudes.

Aussi à quelles réflexions ne se livre pas Sa Majesté durant les heures peu variées de son existence.

Dis-moi ce que tu manges et je te dirai qui tu es, prétend Brillat-Savarin.

Elle le dit, Sa Majesté l'Estomac, et, rien qu'en écoutant à sa porte, vous pouvez toiser vos Parisiens.

*
* *

Toujours du vinaigre et des cornichons! Tous mes nerfs s crispent à ces seuls mots. Depuis trois mois cette nourriture acidulée est ma seule récréation.

Sans compter, pour égayer le paysage, les murailles inexorables d'un corset qui me comprime à me faire éclater.

Corbleu! madame, empoisonnez-moi tout de suite et qu'il n'en soit plus question. Va te promener, c'est comme si je chantais. Madame est devant son miroir :

— Julie, il me semble que je prends de l'embonpoint.

— Oh! je parierais que madame a maigri de plus de deux livres cette semaine.

— Tu me le jures?

— Madame peut m'en croire, je suis incapable de la flatter.

Mais si tu ne la flattes pas, vipère, dis-lui donc que son teint se plombe, que ses yeux se cernent et qu'elle n'en a pas, que nous n'en avons pas pour un an à vivre avec un pareil régime... Aïe, encore un cornichon. Je n'en puis plus.

Pitié !

Je me vengerai.

Traduction : C'est une coquette.

*
* *

— Adèle ! chère Adèle !

On t'en souhaite des Adèles. Ça ne pense qu'à soupirer sans songer que je représente la seule réalité d'ici-bas.

Bon, griffonne à présent un billet doux, — le troisième de la semaine.

Animal, si encore ils étaient rôtis tes poulets !... Pour comble d'agrément, il va falloir monter une faction de cinq heures sous ses fenêtres, pour l'entrevoir à travers ses rideaux.

D'où vient ce soubresaut ?

— Adèle, je te maudis !...

Il aura aperçu à travers la mousseline deux ombres au lieu d'une.

Je me serre, je me serre. Je sens que l'imbécile a envie de leurer. Mange donc plutôt, grand niais. La côtelette ne vous fait pas d'infidélités, elle.

Compte là-dessus ! me voilà à la diète pour un laps indéterminé. Il se plaindra ensuite de la gastrite qu'il m'aura donnée.

Triple sot !

Traduction : Un amoureux de vingt ans.

Ma gastrite par ci, ma gastrite par là.

Je te l'avais prédit, maroufle. Grogne, gronde, regrette, il est bien temps.

Lait de poule et eau de gomme, voilà le châtiment. Quand on avait faim on ne songeait qu'à l'amour. Quand on n'a plus d'amour, on ne songe qu'à la faim.

Juste retour, mon cher, des choses d'ici-bas.

Traduction : — Un ci-devant jeune homme.

Je me suis laissé conter qu'il y a des gens assez favorisés du ciel pour consommer du fricandeau à discrétion, et je n'ai pour me tenir compagnie qu'un petit pain.

Oh! oui, petit!

Mon collègue au département de l'odorat me transmet certain parfum de cuisine, et mon collègue au département de l'ouïe, certain bruit de vaisselle.

Il y a gala à l'étage inférieur.

De quel droit ceux-ci font-ils gala, quand ceux-là font diète?

Du droit que l'argent donne à ceux qui le possèdent. Pourquoi n'en posséderions-nous pas aussi?

On nous a proposé ce matin une affaire... A ce que j'ai compris, la délicatesse y pourrait bien trouver à reprendre.

La délicatesse? — une belle expression! — la bouche .... !

.... ncore j'étais seul à souffrir! mais une femme et deu

enfants partagent en ce moment mes angoisses; et quand ils vont rentrer... Le grand air ouvre l'appétit!

Cette affaire n'est point après tout aussi équivoque que nous le pensions... Mes idées s'obscurcissent, je me sens prêt à défaillir.

Certaines gens qu'on salue bien bas n'ont dû leur fortune qu'à une semblable opération. Un nom à prêter pour une spéculation fictive... Il me semble entendre les enfants monter....

Dieu que je souffre! Décidément, nous serions stupides de refuser. Le monsieur qui nous a proposé l'opération demeure... J'ai là son adresse. Allons!

Non! je ne sens plus l'odeur du festin voisin... Les assiettes ont cessé de battre le rappel... Brûlons cette adresse. Mieux vaut rester les mains vides que les mains souillées.

N'est-ce pas, femme, tu nous embrasseras de meilleur cœur au retour?

Traduction : Pauvreté.

Sous-traduction : Probité.

* *
* *

Vas-tu me laisser tranquille, fainéant?

Grand et fort comme un Turc, et cela demande l'aumône, sous prétexte que cela a faim... Moi aussi, j'ai faim. Pas toujours, et c'est ce qui me désole.

Fais comme moi, mange un perdreau, du turbot, des cardons, un fromage glacé; bois une bouteille de château-laffitte, et tu n'auras plus ni faim ni soif.

En vérité, la police est d'une négligence... Laisser s'étaler des dénûments qui troublent la digestion du prochain.

Garçon! une demi-tasse et de la chartreuse; non, pas de crème, je tiens à être bien éveillé pour voir danser le pas de deux...

Traduction : Richesse égoïste.

*
* *

Une toilette de six cents francs et du fromage de Brie pour ordinaire.

Il est vrai que nous avons les *extrà*. Hier encore nous soupâmes à la Maison-d'Or. Fameux homard ! J'en ai légèrement abusé, mais je suis excusable.

Le homard ne voyage pas dans la poche.

Nous nous mettons à table. Quel genre de comestible aujourd'hui? C'est lè fromage de Brie qui entre en scène... Résignons-nous, et plaçons de la sobriété à la caisse d'épargne : on ne sait pas ce que l'avenir nous réserve.

L'avenir!... bêtise!... Nous sommes gourmande; nous nous ferons garde-malade.

Traduction : Breda-street.

*
* *

Quelle charmante chose que la vie! Qui a jamais pu inventer la misanthropie... Ils sont tous bons, les hommes. Et ce pomard aussi est bon.

Encore un verre.

Mon cousin aussi est bon. Il a eu la complaisance de conduire Adélaïde aux Français.

J'aime mieux dormir... Encore un verre... Qu'ils y aillent, aux Français !... Moi, j'aime mieux dormir.

Traduction : Mari ! mari ! mari !

*
* *

Brillat-Savarin a raison.

XXVII

ICI ON DONNE A BOIRE ET A MANGER

Je la lis encore de mémoire cette vieille formule de la vieille gargote; formule trompeuse, mais bienveillante.

On donne... Cela vous avait un air paterne et charitable qui ne laissait pas percer le bout de l'addition. Cela n'insultait pas la misère comme ces pancartes qui détaillent au coin des rues le menu des Balthazars à prix fixe.

De grosses lettres blanches moulées sur fond noir par le calligraphe de l'office. Une véritable provocation à la famine!

A quoi bon des euphémismes? Le monde est aux chiffres. On ne donne rien, on vend tout.

Je vous vends mon corbillon, qu'y met-on?... Je vous vends mon gigot, comment me le paierez-vous? Par un service, une trahison ou un calembour?

Je l'ignore, mais il faut que vous le payiez.

Vous me le paierez en allant colporter en tout lieu le récit des magnificences de ma table, en plaçant mon arrière-cousin, en disant du mal de mes amis, en m'offrant des billets de spectacle, en exhibant chez moi le ruban rouge de votre boutonnière.

Mais vous me le paierez. On ne donne plus, on vend à dîner.

Si le dîner du particulier est une marchandise, que doit être le dîner du restaurateur?

Je ne recommencerai pas la monographie de Paris à table.

On a tout chanté, tout raillé, tout observé sur ce chapitre.

On a dit les joies du gastronome guettant l'arrivée des premiers petits pois, comme l'amant guette l'arrivée de sa maîtresse; on a dit les noirceurs du restaurant borgne et de son bouillon aveugle; on a dit les ridicules de la table d'hôte et les exactions de la maison en renom; on a dit comment on mange et comment on ne mange pas.

On a célébré les tavernes exotiques et les tavernes littéraires, Lucas et Dinochau, les festins de noces et les festins d'enterrements (*convois de* 100 *couverts*); on a célébré *l'hasard* de la fourchette et les frères Provençaux, Pestel, l'amphitryon du *Caveau,* et Foyot, le Vatel du quartier latin.

On a célébré jusqu'à ces cotisations pseudo-fraternelles qui, au nom d'une camaraderie problématique, réunissent annuellement les ci-devant Labadens autour d'une table à rallonges et d'un menu qui en aurait besoin. Vous connaissez la phrase consacrée :

« Les anciens élèves du collège *** ou de l'institution *** sont prévenus que leur banquet annuel sera célébré le..... chez..... »

La rédaction de l'avis ne change pas, — mais les hôtes!

— Quoi ! ce gros ventru, aux cheveux clairsemés et grison-
nants?...

— C'est le petit L. avec qui vous jouiez aux barres !

— Et ce grand maigre au visage hâve, au front creusé de
rides?...

— C'est votre compagnon d'études... Quoi ! ces vieillards !
Mais alors moi-même!...

— Précisément, regardez-vous dans la glace. Ce genre de
festins semble n'avoir été inventé que pour nous rappeler
combien rapide est la décadence humaine.

Sans compter le chapitre des confidences et des explica-
tions... — Ce bon et honnête garçon, ce travailleur, qu'est-il
devenu ?... Employé à douze cents francs ou mort de misère.

Cet imbécile, ce paresseux, cet inutile?... Possesseur d'une
grosse fortune qu'il gaspille à grandes guides et à plus grande
arrogance.

Et ceci! et cela! toutes les injustices de la vie; tous les
méfaits du destin !

Eh ! morbleu, on n'a pas besoin de ces memento-là pour
se rappeler ce qu'on voudrait pouvoir oublier.

Banquets de la jeunesse envolée, repas des funérailles du
passé ; buvez et mangez sans moi !

XXVIII

LA TRAGÉDIE D'UNE GIBELOTTE

ON DEMANDE UN CONFIDENT.

Le théâtre représente une cage, sise dans l'arrière-cour d'un traiteur des environs de Paris. Un lapin dont la tête apparaît craintive à travers les barreaux de son domicile s'abandonne aux charmes amers d'un soliloque sur la captivité.

— Où suis-je?... Je l'ignore, mais je voudrais bien être ailleurs. Ce matin le paysan qui m'a élevé m'a conduit au marché. Un homme en veste blanche, qu'un de mes collègues m'a dit être un cuisinier, est venu, m'a regardé, payé et emporté par les oreilles.

Tous mes poils s'en dressaient sur mon dos. On a beau être brave, — pour un lapin, — on n'en est pas moins sensible à une demi-heure de suspension auriculaire.

Enfin, mes angoisses ont eu un terme et me voici installé dans cette cage. Elle est affreuse, cette cage, et pas un ami sur qui épancher ses souffrances ; pas un confident pour me serrer la patte! Ce chou est suranné et moisi; ces croûtes de pain m'ont déjà ébréché deux molaires. Où est le serpolet de mon enfance?

Avec cela il fait un soleil qui me donne des démangeaisons de villégiature. Je me suis pourtant laissé conter qu'il est des lapins indépendants qui passent leur vie dans les bois...

Que signifie cette odeur de brûlé?... Je ne sais pourquoi, j'ai de sombres pressentiments.

Mon nouveau maître en traversant la cour a prononcé le mot *gibelotte*.

Qu'est-ce qu'une gibelotte?

(Après un instant de rêverie.) Et ces chats que j'entends miauler d'ici. Leurs cris sinistres m'agacent le système nerveux. O ma mère! ma mère! pourquoi avez-vous abandonné votre enfant?

Silence! on vient. Essayons de nous dissimuler derrière cette carotte.

VENTRE AFFAMÉ N'A PAS... DE COEUR.

Le traiteur, accompagné d'une dame et de deux messieurs, entre dans la cour. Un coup d'œil suffit pour constater l'identité des trois nobles étrangers. Ce sont des Parisiens — en dîner de campagne.

Un second coup d'œil permet de reconnaître que la dame est la femme du premier monsieur dont le second est l'ami.

Ce qui le prouve, c'est que tous les sourires de la dame sont pour le second monsieur. Les sourires sont gentils, la dame

aussi. Quant aux messieurs, l'un n'a sur l'autre qu'une su-
périorité, celle de n'être pas l'époux légitime.

Le traiteur. — Ces messieurs désirent dîner?

Le mari. — Pouvez-vous nous donner une gibelotte?

Le traiteur. — Rien de plus facile.

Le mari. — Permettez! permettez! Il me faut des pièces de
conviction. Je ne suis pas de ceux qui se laissent tromper.

L'ami et la dame échangent une œillade ironico-pas-
sionnée.

Le traiteur. — Je vais montrer à monsieur un de mes
élèves.

Le lapin. — Moi, son élève! Si je n'avais mangé que ses
choux, je serais...

La fin de la phrase est brusquement interrompue par une
secousse. C'est le traiteur qui a ouvert la porte du cabanon et
saisit par la nuque son soi-disant disciple.

Le traiteur. — Voilà ce qu'on appelle un morceau de roi!

Le lapin (anxieux). — Que veut-on de moi, juste ciel!

Le mari. — Pas mal! pas mal! Permettez.

Il appréhende lui-même le lapin et le soulève sans ména-
gements.

Le lapin. — Bourreau!

Le mari. — Il est un peu maigre, le gaillard.

Le lapin. — Le brigand va me défoncer les côtes.

Le traiteur. — Maigre! oh! monsieur!... C'est dodu, c'est
potelé! Quand vous l'aurez mangé vous m'en direz des nouvelles.

Le lapin. — Mangé? Je n'ai pas une goutte de sang dans les
veines.

LE MARI. — Maintenant vous allez le tuer devant moi, aux environs de Paris, le soupçon est permis, et je n'entends pas qu'on m'en remontre.

LA DAME. — Pauvre bête !

LE MARI. — Hein ?

LA DAME. — Je ne veux pas assister à ce spectacle, je ne pourrais plus dîner.

LE MARI. — Cependant la précaution me paraît indispensable.

LE LAPIN. — Scélérat ! si j'étais le plus fort !

L'AMI, intervenant. — Mon cher, du moment que ta femme t'en prie... d'ailleurs ce n'est pas à un homme comme toi qu'on en ferait accroire.

LE MARI, flatté. — Je l'espère bien...

LE TRAITEUR. — Monsieur n'a qu'à compter sur ma loyauté. Ma maison est renommée, et renommée oblige.

LE MARI. — Soit !... Nous faisons un tour de promenade et nous revenons.

LE TRAITEUR. — Le couvert de ces messieurs sera mis d'avance.

LE LAPIN. — N'ai-je reculé que pour être mieux sauté !

LE TRAITEUR, regardant ses pratiques s'éloigner. — Malin, va ! plus souvent que je te donnerai mon lapin-spécimen qui doit me servir d'échantillon tout l'été. Chat de garenne, numéro un.

Il réintègre le patient dans ses pénates.

LE LAPIN, se rencontrant, sans en être plus fier, avec tous les dramaturges. — Sauvé ! merci, mon Dieu !

Le trio gibelottant a pris place autour de la table. Le mari, malgré tous ses efforts de politesse, n'a pu décider son ami à s'asseoir auprès de sa femme.

Celui-ci a été déterminé à cet acte de désintéressement par une raison majeure ; le dialogue entre prunelles et pointes de pied est infiniment plus commode de face que de côté.

Le mari n'en a pas été moins touché de l'attention.

Le lapin à la cantonnade fait des prodiges d'ouïe pour jouir de la conversation.

LE MARI. — En garde ! le moment solennel approche. Garçon !

LE TRAITEUR. — La gibelotte demandée ! quelle mine ! monsieur ne dira pas...

LE MARI. — Je vous répondrai tout à l'heure.

LE TRAITEUR. — Si monsieur veut voir la peau ?

LE MARI. — C'est inutile, comme je vous ai montré à qui vous aviez affaire, je suis tranquille.

LE TRAITEUR. — Monsieur peut l'être. Il est servi comme il le mérite.

Sont-ce ces mots ou la chaleur qui font rougir la dame tandis que le traiteur s'éloigne ?

LE MARI, attaquant son assiette. — Parlez-moi de cela. Une chair ferme, un goût de thym !

LE LAPIN, de sa cabane où le chaume le couvre. — Faux thym !

LE MARI. — Il existe pourtant des gens à qui l'on fait avaler des ragoûts de gouttière. Sont-ils assez stupides !

Le lapin. — C'est le mot.

Le mari, à son ami. — Avoue, mon cher, que, grâce à moi, cette petite partie est charmante.

L'ami. — Grâce à toi, tu as raison.

Le lapin. — Peu s'en est fallu que ce ne fût grâce à moi.

Le mari. — Eh bien, bichette, comment trouves-tu mon lapin ?

La dame. — Parfait.

Le mari. — Ce n'est pas là un de ces animaux mal élevés... (prenant la main de sa femme, tandis que l'ami presse furtivement le bout de la bottine d'icelle) sens-tu la différence ?

La dame, avec un de ses sourires habituels. — Oh ! oui.

Le mari. — Sans moi, on vous aurait servi quelque angora.

L'ami. — Crois bien que nous te sommes reconnaissants de ta perspicacité.

Le lapin. — En voilà un qui doit avoir quelque intérêt pour parler ainsi.

Le mari. — Je vais moi-même féliciter l'hôtelier.

La dame. — C'est vrai, ce brave homme...

Le mari, abordant le traiteur qu'on aperçoit à une fenêtre du rez-de-chaussée. — Mon cher monsieur, recevez mes compliments.

Le traiteur. — Vous êtes satisfait ?

Le mari. — On ne peut plus, mais convenez que si je n'avais pas pris mes précautions...

Le traiteur. — Jamais, monsieur. Une maison aussi honorable que la mienne n'induit pas sa clientèle en erreur.

Le lapin. — Les deux font la paire.

8.

L'ami, resté à table. — Célestine, je vous aime.

La dame. — Prenez garde, s'il écoutait.

L'ami. — Lui!... Demain à dix heures?

La dame. — A dix heures, avenue Gabriel. (Un frémissement qui ressemble à un baiser traverse les airs.)

Le lapin. — Ah! tu m'as meurtri la tête ce matin, brutal! gare à la tienne. Je suis vengé.

Le mari, au traiteur. — Enfin, suffit. Souvenez-vous que, moi, on ne me trompe jamais.

Il revient en riant.

Le lapin. — Les maris *se* font toujours rire.

Le mari, se remettant à table. — A présent, nous allons prendre notre café.

L'ami. — Je n'en prendrai pas ce soir.

La dame. — Ni moi.

Le lapin. — Parbleu! c'est déjà fait!

XXIX

LA MORT DU SOUPEUR

Quelle belle place aurait — dans ce livre — occupée autrefois le héros gastronomique qu'on appelait le *soupeur*.

C'était du temps des noctambules, — ces raffinés qui s'étaient avisés de vivre double, en prodiguant à la fois les intérêts et le capital de l'existence.

La génération actuelle est bien trop économe pour se dépenser ainsi : « *Times is money.* » — On place ses nuits à la caisse d'épargne du sommeil.

Sans doute, — à l'heure où le sergent de ville encapuchonné rase les murs en faisant à peine résonner sous son talon prudent les échos du trottoir solitaire, — vous rencontrerez de ci de là quelques passants attardés ; mais jamais ces gens-là ne seront des noctambules.

Ils rentrent d'un pas mécontent, en faisant l'addition d'une orgie en pique-nique ou en supputant qu'ils arriveront trop tard le lendemain pour signer la *feuille de présence*. Le fanfaron de veilles existe encore, le soupeur est mort.

De quoi est-il mort ?

D'une gastro-Prudhomie !

Elles sont terribles les représailles des vaincus. Les Grecs, écrasés, se vengèrent en conquérant les Romains à leur civilisation démoralisatrice. Robert-Macaire, caricaturé, s'est vengé en s'annexant une bonne moitié de la finance. Joseph Prudhomme, bafoué, a pris sa revanche en s'assimilant la société contemporaine.

Le sérieux, monsieur, le sérieux ! — O cruelle maladie ! c'est toi qui as tué la fantaisie, l'esprit et — le soupeur.

Car il ne mangeait pas pour manger, il mangeait pour causer, ce coquet de la conversation. Comme le teint de certaines femmes, sa verve ne brillait qu'aux lumières.

D'abord il avait eu des partenaires pour lui renvoyer le mot, qui rebondissait semblable au volant sur la raquette.

Les fiers et joyeux propos ! un cliquetis, un assaut, un tournoi ! On avait couché les bourgeois et les importuns, on était entre pairs, on pouvait s'abandonner et l'on s'abandonnait. Pif ! paf ! gare la mitraille !

Bientôt les partenaires disparurent, le soupeur n'eut plus que des écouteurs. De ceux-là toutefois il tirait encore parti. C'étaient les cailloux sur lesquels ses parodoxes battaient le briquet avant de jaillir en étincelles.

Une nuit les écouteurs aussi vinrent à manquer. Le soupeur prit les premiers venus. Il espérait les acclimater, le présomptueux. Au beau milieu d'une fantasia de paroles, l'un d'eux l'interrompit pour lui demander son opinion sur l'*équilibre européen* et la *situation du marché !*

Le soupeur ne répondit pas, se drapant dans le silence, comme César agonisant dans sa toge.

Le lendemain il n'était plus. Ceci avait assassiné cela.

Depuis, ce roi déchu a eu ses faux Smerdis, maladroits et piètres contrefacteurs qui s'enferment dans un cabinet malsain pour se gorger de viande et de truffes avec des beautés tarifées ; don Juans poussifs hantant les cabarets des halles qu'on a bien fait de leur fermer au nez.

Mais le crime était consommé.

La justice n'a pas informé, — ce n'était rien ! rien que l'esprit qu'on noyait dans le *positivisme*.

Eh bien, moi, monsieur Prudhomme, je ne vous pardonnerai jamais celle-là.

XXX

L'ESTAMINET POUR TOUS

Il est plein de vices au fond de ses vertus domestiques, ce monstre de Prudhomme.

N'est-ce pas aussi à lui la faute si l'estaminet est devenu à Paris une des habitudes qui ont force de fléau?

Sous la Restauration, il allait au café voisin pour lire les feuilles et s'informer si le jour approchait où « la Charte serait une vérité. »

Sous Louis-Philippe, il retourna au café pour charmer les intermèdes du caporalat qu'il avait obtenu dans la garde nationale.

Dès lors le pli fut pris. Suivez la généalogie.

Le tiers-état engendre Prudhomme, Prudhomme engendre la garde nationale, la garde nationale engendre la vie de café.

Comme tout se tient.

Le pilier d'estaminet n'est plus l'exception que le petit jour-

nal classait dans sa galerie de grotesques, le pilier d'estaminet est devenu la règle.

On commence au collége, les jours de sortie; ce niais de
Prudhomme ayant eu soin de défendre à ses mioches les *taba-
gies* où il va lui-même, l'interdiction a doublé l'affluence.
On continue ensuite à travers toutes les vicissitudes et dans
toutes les positions.

Enlevez la ressource du café aux deux tiers de la population masculine et vous aurez fait trois cent mille malheureux.

Encore un signe de la décadence intellectuelle; cerveaux
vides, verres pleins.

— Eh! quoi, vieillard, n'est-ce pas le temps des graves
pensées et des réflexions austères! Rentrez en vous-même, re-
cueillez-vous avec vos souvenirs et quittez-moi ces cartes
graisseuses, cette atmosphère nicotinée, ce pêle-mêle hébété.

— Garçon! un gloria et la *Patrie,* vous répond-il en haussant les épaules.

— Eh! quoi, homme mûr, n'avez-vous point à faire de vos
loisirs un usage plus digne? Les devoirs de famille, le foyer
intime, la saine lecture?

— Garçon, un bésigue et une demi-tasse.

— Eh! quoi, jeune homme, n'entendez-vous pas bruire à
vos oreilles les chansons printanières? N'avez-vous pas de par
le monde quelque petite cousine à qui presser la main, quelque billet doux à rédiger, quelque château en Espagne à
construire, quelque idéal à caresser?

— Garçon, des bocks et des billes! Mon idéal, c'est d'arriver
à *l'effet en dessous!*

Ils y passent tous sous ces fourches caudines de l'estaminet. Les plus grands et les plus humbles, les riches et les
pauvres, les négociants, les artistes, les écrivains. Que ce soit
au cercle, à la brasserie ou au *caboulot* (pouah !), ils y passent
tous sous les fourches caudines de l'estaminet.

Ceux-là vont y chercher la camaraderie et n'y rencontrent
que l'envie; ceux-ci y installent une petite bourse,— la main
au gousset !— d'autres y établissent un tribunal littéraire et y
rédigent à la chope le code des incompris. Tribunal — tréteau ! Code incivil !

Le jeu et l'absinthe se chargent du reste.

La vie de café prend à Paris plus de dix mille heures par
jour, addition faite de tous ses adeptes.

Quand ce sont des heures de crétins, — on rit. Mais quand
c'est l'existence d'un Alfred de Musset !

XXXI

LA PÉNÉLOPE DE COMPTOIR

N'oublions pas un type curieux !

L'antiquité nous a légué, — comme je ne prétends point vous l'apprendre, — un dictionnaire de Vénus qui ne manque pas de synonymes. L'antiquité pourtant en a ignoré un qu'il appartenait au café d'inventer : c'est celui de *Vénus comptable*.

D'autres disent : la *Pénélope de comptoir*.

Amorcer les prétendants au bénéfice de la recette, sans trahir les intérêts d'un Ulysse absent, voilà le problème. La Pénélope de comptoir le résout plusieurs fois par jour. Quand il n'y a plus de prétendants, il y en a encore.

Ce n'est pas là ce qui m'étonne. Chacun prend son plaisir où il le trouve.

Mais il faut prendre tant d'autres choses par-dessus le marché que, si je conçois les faiblesses de cœur des prétendants, je recule effrayé devant leur force d'estomac.

9

Représentez-vous, — si vous désirez partager ma frayeur, — un café du quartier de... à votre choix.

Sept heures du soir. Salle du bas : au fond un comptoir. Dans le comptoir la Pénélope. Généralement brune ; bandeaux alignés comme le boulevard de Sébastopol — rive droite ; œil velouté quoique sournois, ou sournois quoique velouté ; mains blanches.

L'une de ces mains blanches tient invariablement un roman-feuilleton. L'autre, variant ses plaisirs, empile des morceaux de sucre sur de petits plateaux quand elle a rendu de la monnaie, et rend de la monnaie quand elle a empilé des morceaux de sucre.

Sur les quatre côtés de la salle un quadrilatère de tables devant lequel est assis un quadrilatère de soupirants.

Le patron traverse de temps en temps la scène à l'instar du chœur antique. Un garçon anime le paysage par ses allées et venues.

Le bataillon carré des soupirants, — d'après les sobriquets décernés par Pénélope elle-même, — est ainsi réparti : 1° le Ténébreux, 2° les Lunettes d'or, 3° le Paletot gris, 4° la Grande moustache.

Le reste ne vaut pas l'honneur d'être surnommé.

LE TÉNÉBREUX. — Garçon !

LES LUNETTES D'OR. — Garçon !

LE PALETOT GRIS. — Garçon !

LA GRANDE MOUSTACHE. — Garçon !

LE GARÇON. — Voilà ! voilà !! voilà !!!

— Une bavaroise.

— Un mazagran.

— Une canette.

— Un américain.

— Voilà ! voilà !

LE TÉNÉBREUX. — Qu'elle est belle ! J'ai à peine pris le temps de dîner pour être le premier à mon poste, et pourtant ces imbéciles ont trouvé moyen de me devancer.

LES LUNETTES D'OR. — J'ai expédié mon épouse à l'Ambigu pour être plus tôt libre, et j'arrive encore trop tard. Ils y sont aussi !

LE PALETOT GRIS. — J'espérais qu'elle serait seule, et mes rivaux...

LA GRANDE MOUSTACHE. — Ces trois crétins commencent à me prendre sur les nerfs d'une étrange façon.

LE GARÇON. — kiss ! Kiss ! Plaisons-nous à supposer qu'ils finiront par s'entre-dévorer.

LE TÉNÉBREUX. — Si je ne m'abuse, elle m'a lancé un coup d'œil.

LES LUNETTES D'OR. — Je crois qu'elle m'a regardé.

LE PALETOT GRIS. — Cette œillade était à mon intention.

LA GRANDE MOUSTACHE. — Nom d'une bombe, je suis sûr d'avoir surpris un signe qui m'était personnel.

LE TÉNÉBREUX. — Cette fois je n'y résiste plus. Mon acrostiche que j'ai appris par cœur cette nuit va ouvrir le feu. Feignons de l'improviser... Garçon ! une plume et de l'encre.

LES LUNETTES D'OR. — Profitons de l'absence de mon épouse pour lancer le brûlot. Garçon, de l'encre et une plume !

LE PALETOT GRIS. — Une proposition de mariage me semble une ruse de guerre en situation. Garçon, du papier !

LA GRANDE MOUSTACHE. — Sang et tonnerre! en avant l'enlèvement à la baïonnette. Garçon, de quoi écrire !

LE GARÇON. — Voilà, voilà ! (A part.) Tenue de livres amoureuse en partie quadruple.

UN CINQUIÈME LARRON, entrant. — Plus une seule table vacante. Je suis rasé.

LE GARÇON. — Si monsieur désire monter au premier.

LE CINQUIÈME LARRON. — Merci ! merci ! je reviendrai.

LE GARÇON, à part. — Grande représentation. Salle comble. Monsieur aurait probablement voulu un strapontin.

LE BATAILLON CARRÉ, mentalement. — Supprimé pour ce soir, le numéro cinq.

LE TÉNÉBREUX, écrivant :

« Laisse-moi t'adorer, ange de poésie! »

Hum! on m'observe. Dissimulons. Garçon, la *Revue des deux mondes*. J'ai quelque chose à y copier.

LES LUNETTES D'OR, écrivant. — « De déposer à vos pieds un mobilier... » Attention à la manœuvre; on me regarde. Soyons diplomate. Garçon, le *Journal des actionnaires*.

LE PALETOT GRIS, écrivant. — « Mon cœur et ma main. J'ai trente-deux ans, une position qui pourra devenir brillante...» Prenons garde, on m'épie... usons de ruse. Garçon, l'*Indicateur des chemins de fer* .

LA GRANDE MOUSTACHE, écrivant. — « De quitter ce café où vous vous étiolez. A minuit, un coupé vous attendra... » Il me semble que ces pékins m'inspectent. Rompons les chiens: Garçon, le *Moniteur de l'armée*.

Le garçon. — Voilà ! voilà !... (A part.) On demande des paravents.

Le ténébreux. — Maintenant attendons leur départ pour glisser mon acrostiche.

Les lunettes d'or. — Dès qu'ils auront filé, je décoche mon ultimatum.

Le paletot gris. — Aussitôt sortis, aussitôt lancée la demande traîtresse.

La grande moustache. — Je laisse ces idiots aller se coucher et je fais sauter la poudrière.

Le garçon. — En avant quatre !

Le ténébreux. — Il serait inconvenant de séjourner sans consommer. Garçon, une seconde bavaroise.

Les lunettes d'or. — Ne nous laissons pas distancer. Garçon, un second mazagran.

Le paletot gris. — Ferme à la riposte. Garçon, une seconde canette.

La grande moustache. — Ah ! c'est comme cela. Garçon, un second américain.

Le garçon. — Voilà ! voilà !

Le ténébreux. — Avec des biscuits.

Les lunettes d'or. — Avec des croquets.

Le paletot gris. — Avec des échaudés.

La grande moustache. — Avec des cigares.

Le garçon. — Quatuor de porte-monnaie. Musique d'ensemble.

Une pause succède à ce coup de feu général. Dix heures sonnent.

Le ténébreux. — Pas un geste.

LES LUNETTES D'OR. — Ils ne s'en vont pas.

LE PALETOT GRIS. — Immobiles comme des statues.

LA GRANDE MOUSTACHE. — Les maroufles persistent.

— Garçon, un soda !

— Un curaçao !

— Une chartreuse !

— Un demi-punch !

— Voilà ! voilà !

Nouvelle pause.

LE TÉNÉBREUX. — Je commence à bouillir.

LES LUNETTES D'OR. — L'heure s'avance, je suis sur le gril.

LE PALETOT GRIS. — Je fermente intérieurement.

LA GRANDE MOUSTACHE. — J'ai des inquiétudes dans les mains.

— Garçon, un kirsch !

— Un raspail !

— Un sorbet !

— Un demi-punch !

— Voilà ! voilà !

Nouvelle pause.

— Garçon, un cassis !

— Un vespétro !

— Une bavière !

— Un demi-punch !

— Voilà ! voilà !

Nouvelle pause.

LE TÉNÉBREUX. — Minuit moins dix et quinze consommations. Je n'y tiens plus, ils me verront s'ils le veulent.

Les lunettes d'or. — Tant pis ! Mon épouse doit être couchée, je brave leur espionnage. Je suis d'ailleurs à bout de soif.

Le paletot gris. — Au diable la patience, je sors le premier. Trois litres de liquides variés...

La grande moustache. — Mille cartouches ! je suis bien bon de me gêner pour ces bélîtres. Impossible d'avaler une goutte de plus.

Les quatre prétendants se lèvent comme à un signal et s'avancent vers le comptoir devant lequel ils se trouvent attroupés.

Le ténébreux. — Madame... combien dois-je ?

Pénélope. — Neuf soixante.

Les lunettes d'or. — C'était, madame... Je dois ?

Pénélope. — Douze quinze.

Le paletot gris. — Moi ?

Pénélope. — Treize cinquante.

La grande moustache. — Je...

Pénélope. — Quinze trente.

Le quadrilatère, après avoir payé, salué et s'être dispersé dans la rue. — Je n'ai pu lui remettre une lettre aujourd'hui... Je ne sais, mais je ne suis pas à mon aise... Cette course aux consommations... Enfin, demain...

Le patron, vérifiant les comptes. — Soixante-deux francs en quatre tables. Pas mal... Cependant, madame, permettez-moi une observation. Si je ne m'abuse, vous avez souri une fois de plus au 2. Ma maison ne tolère pas ces préférences immorales. Veuillez dorénavant sourire également, sinon...

PÉNÉLOPE, à part. — Je m'en moque bien de sa maison. Albert m'a promis de me trouver une autre place plus près de son magasin!

MORALE.

Il n'y en a pas! ·

XXXII

PARIS AU BAIN

Victoire! victoire! Le thermomètre a escaladé les plus hauts degrés de l'échelle atmosphérique. Le bitume, transformé en pâte de guimauve nègre, n'a plus, tant il fait chaud, la force de résister à la botte qui le presse.

La population rougeaude, luisante, fondante, passe ses journées à éponger son million de fronts avec un demi-million de mouchoirs; déduction faite de ceux qui remplacent, dans cette opération, ce meuble de luxe par la manche de la chemise ou le revers de la main.

Paris altéré arrose vainement sa soif des Danaïdes, Paris est mou, énervé, laid et maudit l'été, le thermomètre et le bitume.

Seuls ils crient: Victoire! victoire! d'un ton goguenard.

Qui donc sont-ils ces téméraires, ces frondeurs, ces insensés?

Ce sont les amateurs de bains froids.

L'amateur de bains froids est impitoyable. Pour une bras-

sée il consentirait à voir rissoler le reste de ses concitoyens ; il
vouerait ses amis les plus chers à l'apoplexie solaire pour un
plongeon. Il sacrifierait sa famille aux douceurs de la
planche.

Quand est arrivée l'époque stupide de la canicule, l'amateur de bains froids n'est plus ni époux, ni père, ni frère, ni
amant, ni citoyen.

Il a une pleine eau à la place de cœur.

Si encore ce fanatisme était justifié ! Mais peut-on, en bonne
conscience, donner le nom de plaisir à cet humide arlequin
dans lequel les bras et les jambes des baigneurs repré-
sentent la partie solide du ragoût ?

On est tenté de répéter le mot de Diogène : En sortant d'ici
où va-t-on se laver ?

Rarement, en effet, spectacle plus désagréable s'est offert
à l'observation.

Pauvre humanité ! Comme ta misère apparaît là dans sa
piteuse réalité.

> Que reste-t-il de l'homme,
> Le paletot ôté ?

Je ne veux pourtant pas abuser du léger costume de mes
adversaires pour leur infliger des considérations sur la dégé-
nérescence des races. On ne mitraille pas un ennemi plus que
désarmé.

Je me borne à constater que peu de mes contemporains
gagnent à être contemplés à l'envers de leur costume.

Quant à mes contemporaines, soyons galant et laissons la
phrase inachevée.

Mais, en regardant se démener tous ces individus qui cessent d'être reconnaissables parce qu'ils sont eux-mêmes, une idée fantasque me traverse la cervelle :

— Voilà bien des désillusions !

Que serait-ce donc si, à certains jours de l'année, l'esprit et le cœur apparaissaient dépouillés de leurs habits d'emprunt ! Quelle leçon donnerait la vue de Paris en tenue de bains morale !

Vous, monsieur l'usurier, qui déguisez sous le coton de la philanthropie la bosse de la cupidité, quittez ce palliatif menteur et montrez-vous dans votre difformité !

Vous, monsieur l'agioteur, qui boitez de l'honneur et dissimulez les faux pas de votre conscience, grâce à l'orthopédie de la fortune, enlevez cet appareil postiche et qu'on voie enfin que vous marchez de travers à la richesse.

Vous, madame de marbre, qui singez, grâce à un mécanisme sentimental, les dehors de l'amour, montrez-nous que vous n'êtes qu'un automate.

Vous ! vous ! vous !... Le défilé n'en finirait pas et le passage de ces estropiés, de ces infirmes, salué par les rires et les sarcasmes, donnerait, une fois par hasard, satisfaction à l'indignation des honnêtes gens...

Mais je reviens au Paris que j'ai laissé barbotant dans sa baignoire communiste.

Ils sont aussi bien beaux les originaux de l'école de natation.

Ce gros monsieur, là-bas, qui, ne se rappelant plus où il est, cherche sa tabatière dans la poche de sa jambe, c'est un chef de division qui a rompu sa chaîne.

Sous le peignoir, l'autocrate de la paperasse perce encore. En étendant le bras pour nager, il semble tirer le cordon de la sonnette avec laquelle il appelle son garçon. Il remonte les échelles du même pas que les marches administratives, et, une fois sur le bord, s'empresse de grelotter une conversation bureaucratique avec un autre baigneur à conserves.

Ce squelette qui avance avec précaution le bout du pied dans l'eau, c'est un gandin.

Ne vous figurez pas qu'il se jettera à la nage. Le salut de sa coiffure le lui défend. Sa raie s'y oppose, et, à peine dehors, vous le verrez s'arrêter devant une glace, rajuster ses favoris et tirer, d'un mouvement instinctif, la pointe absente de son col-guillotiné.

J'ai connu un brave homme qui n'allait pas aux bains froids parce qu'on ne pouvait y porter la décoration sur son caleçon !

Pour entrer dans l'eau, le préjugé est le seul vêtemen qu'on ne quitte jamais.

Parlerai-je de l'esprit aquatique du Parisien? car le Parisien dans l'eau a une façon à part de comprendre la plaisanterie.

La plus en vogue consiste à faire avaler à ses amis et connaissances plusieurs litres de liquide à l'aide de coups de poing connus sous la dénomination de *passades*. Les clercs de notaires se distinguent entre tous par leur prédilection pour ce genre de saillies à la portée des conceptions peu ambitieuses.

Mais franchement, ce n'est pas au bain froid qu'il faut

chercher l'esprit français. Peut-être le laisse-t-on au vestiaire avec les objets précieux — et rares.

Bon profil encore que celui du maître nageur, ce marin de cuvette qui, sous son costume de loup de mer, débite la *coupe* à raison de deux francs la séance.

Le maître nageur est le seul pêcheur que j'aie vu, muni d'une gaule, retirer quelque chose de la Seine.

Ce quelque chose d'ordinaire consiste en un citoyen téméraire qui,— autre facétie de haut goût en ces lieux,— a parié un cigare qu'il se noierait.

Les bains froids sont décidément l'emblème de la société.

Combien s'enfoncent ainsi chaque jour dans les eaux de la vie pour une sotte et inutile bravade!

Allez demander la liste des noyés à la Bourse, cette école de natation financière.

Là, les faibles, les craintifs, commencent par le petit bain, le bain à fond de bois. On y glisse, mais on peut reprendre pied.

Cependant un vilain jour, on se lasse d'être témoin des ébats de son prochain qui pique la tête dans les millions et fait la planche sur les billets de banque.

On prend des leçons préalables du maître nageur de l'endroit. A quoi servent les leçons?

Une fois dans le courant, les imprudents commencent à enfoncer. Ils appellent au secours, un voisin saisit la perche; ils se croient sauvés.

Pan! le voisin, — aimable voisin! — leur assène un bon petit coup sur la nuque, et voilà un homme de submergé.

S'adresser, pour les réclamations, au bureau des liquidations, filets de Saint-Cloud de la rue Vivienne.

Ce qui n'empêchera pas le troupeau de Panurge de sauter à son tour.

De ce troupeau sortent les moutons qui s'en vont annuellement quérir aux bains froids la fraîcheur et le délassement.

Ils y savourent le bruit, la gêne, le tohu-bohu, variés par le passage d'un chien trépassé descendant mélancoliquement la rivière, ou l'apparition d'une feuille de chou retournant à vau l'eau aux champs qui l'ont vue naître.

Nature morte et paysage !

Comment ne s'amuserait-on pas aux bains froids, — quand les arts s'en mêlent !

XXXIII

LES BAINS A QUATRE SOUS

Deux heures, — le moment de la grande représentation.

Une foule aussi nombreuse que mal choisie se presse sur l'onde, sur les bords, sur le fond de bois, — et peut-être même dessous.

Cela ne regarde pas l'administration qui ne répond que des objets qui lui ont été confiés.

Un duo de jeunes baigneurs, que j'essaierais en vain de vous donner pour des fils de famille, pénètre dans l'établissement.

CLAMPIN. — Eh ! Boireau, tu ne déposes pas ta montre au contrôle ?

BOIREAU. — Le lingot qui me dira l'heure n'est pas encore fondu.

— C'est comme moi ; j'attends que le libre-échange les ait mises à 1 franc 50 pour en acheter une.

— T'attendras longtemps.

— Les mystères de la Providence sont impénétrables, comme disait Mélingue dans *Fanfan la Tulipe*.

— Cristi! quel public!

— Le fait est que si le caissier des Folies-Dramatiques voyait ça, il en pincerait une jaunisse de jalousie.

— Dépêchons-nous de nous dépouiller de nos vains ornements.

— Fameuse affaire! J'entr'aperçois un cabinet où il n'y a encore que vingt-six personnes.

— Allons-y! nous ferons les deux au quarteron. (S'asseyant sur les genoux d'un gros garçon boucher en train de tirer ses bottes.) Vous permettez?

LE GARÇON BOUCHER. — Veux-tu t'en aller, moucheron.

BOIREAU. — Non, ne faites pas de cérémonie, je vous assure que vous ne me gênez pas.

CLAMPIN. — Est-il rembourré ton fauteuil?

BOIREAU. — Pas mal, pas mal... Vous voyez que je rends justice à vos mérites mobiliers.

LE GARÇON. — Si tu ne décampes pas, je...

BOIREAU. — Ne nous emportons pas. Je vais déménager.

CLAMPIN. — Viens donc dans le coin, il y a des appartements à louer.

— Ornés de glace, si je ne m'abuse!

— Un miroir de dix centimes qu'un homme prudent aura apporté.

— Respectons ceux qui concourent aux embellissements de Paris.

LE VOISIN. — Prenez donc garde, vous marchez sur mon faux col.

CLAMPIN. — Des faux cols au bain à quatre !

BOIREAU. — Monsieur serait-il employé des pompes funèbres?

CLAMPIN. — Banquier?

BOIREAU. — Ou fabricant de pommade contre la chute des
cheveux ?

LE VOISIN. — Ça ne vous regarde pas, méchants drôles.

CLAMPIN. — Pourquoi alors que vous nous encombrez avec
votre lingerie?

BOIREAU. — Que vous nous humiliez avec vos hors-d'œuvre ?

LE VOISIN. — Bon ! maintenant ils m'écrasent ma brosse.

CLAMPIN. — Une brosse!... Boireau, je vous défends de
parler à ce gandin ; il serait capable de vous démoraliser.

BOIREAU. — Y sommes-nous? (Au voisin.) Pardon, mon
dandy, que je passe... Vous n'auriez pas encore quelque bi-
belot à semer sous mes pas pour me préserver du rhume?
Hé! Clampin.

— Me v'là !

— A qui rapportera le premier une poignée de sable du fond
de l'eau.

— Goûte le premier, tu me diras si elle est bonne.

— Des délicatesses ! regarde-moi ça !

Boireau s'élance dans le liquide élément, non sans avoir
calculé son plongeon de façon à tomber à pic sur un baigneur
en train de se livrer aux douceurs de la planche.

LE BAIGNEUR. — Animal! butor !

BOIREAU, revenant à la surface. — Monsieur réclame
monnaie?

— Polisson, tu as failli me défoncer le crâne.

— Tiens, le père Bonnet, le pipelet de mon immeuble! N'ayez pas peur, papa, par profession j'ouvre les portières, mais je respecte les portiers... Clampin!

CLAMPIN. — Eh ben! est-elle bonne?

— C'est effrayant. Si j'osais, je demanderais un peu de glace pour la rafraîchir.

— Tu me le jures?

— Quand je te dis que si les goujons n'y nagent pas tout cuits, c'est par esprit de contrariété.

— Alors je me risque.

Clampin exécute à son tour un plongeon qu'il dirige sur le père Bonnet, occupé cette fois à tailler une coupe.

— Ne faites pas attention, c'est un ami qui vous met sa carte, car les amis de nos amis sont nos amis.

LE PÈRE BONNET. — Je... vous êtes... tous les deux...

L'eau, à laquelle la secousse a donné un billet de logement, coupe la parole au bonhomme.

BOIREAU. — A votre santé, mon doyen. C'est pour les jours où vous buvez trop de vin.

CLAMPIN. — Il y en a sept par semaine de ces jours-là.

Boireau et Clampin s'éloignent à tire d'aile dans la direction du paillasson.

BOIREAU, philosophant tout en accumulant les brassées. — Sais-tu tout de même que l'espèce laisse à désirer en déshabillé?

CLAMPIN. — Je ne vois que nous pour représenter la suavité des lignes.

BOIREAU, à un baigneur qui l'a heurté. — Attention, vous!

vous ne sentez donc pas que le flot est habité? Clampin, sais-tu
encore une chose?

— Laquelle?

— Sans comparaison, le bain à quatre sous, il me paraît
un emblème de la vie.

— Est-ce que tu vas me réciter *la Tour de Nesle*, toi?

— Les plus forts poussent les plus faibles, les gros écrasent
les petits, les...

— Tu vas me lâcher où je te lance un des monologues de
Dumaine dans *les Massacres de Syrie*.

— Pas moyen d'être sérieux avec toi. Clampin, t'arriveras
à rien, c'est moi qui te le prédis.

— Tu veux me couper l'appétit, mais je déjouerai vos
perfides machinations, madame, comme disait Rouvière
dans...

— Au fait, à propos d'appétit, tu m'y fais songer; qu'est
devenu le cervelas?

— Je l'ai laissé dans la poche de ma blouse.

— Quand je te répète que tu ne seras jamais sérieux.

Clampin, s'élançant en compagnie de Boireau vers le cabinet
où ils ont déposé leurs hardes. — Que personne ne sorte! Au
nom de la loi et de la charcuterie française...

Boireau. — Y est-il?

— Jusqu'à présent mes fouilles n'ont pas plus de résultat
que celles du puits de Passy.

— Je pense que c'est le gandin au faux col qui l'a...

— Ne diffamons pas cet inconnu, il aurait droit de demander des dommages et intérêts.

— En attendant nous voilà à sec.

— Fallait le confier au garçon. Le cervelas, vois-tu, c'est comme la violette, le parfum en trahit toujours l'incognito.

— Fallait... fallait... Tu ne pouvais pas y penser ?

— L'expérience est un fruit amer qui ne pousse que sur le sol du malheur, comme disait Lacressonnière dans... N'importe, je propose une tournée au café.

— T'as donc de l'argent ?

— Pas si bête d'oublier la caisse. Je l'avais cachée dans la doublure de ma casquette.

— Clampin, tu as commis là un beau trait. Allons au café.

Les deux amis s'acheminent vers une buvette dont les lambris n'ont rien de doré. Le petit verre et la saucisse y font les délices des sybarites de la localité.

CLAMPIN. — Salut, la compagnie... Madame a-t-elle du poulet rôti ?

LA DAME PRÉPOSÉE AU COMPTOIR. — Certainement, jeune homme.

— Alors donnez-moi deux sous de cassis, ainsi qu'à mon camarade.

BOIREAU. — Dis donc, qu'est-ce que je flaire là ?

— On dirait les émanations de notre bijou perdu.

— Mais je ne me trompe pas. C'est l'homme au faux col qui nous a chipé notre déjeuner.

— Attends, fashionable de hasard...

Le duo s'élance sur le consommateur. Le tumulte appelle l'attention de toute la société aquatique, qui accourt pour jouir du spectacle gratuit de la lutte. On crie, on pousse, on applaudit. Des paris s'engagent. Deux maîtres nageurs appréhendent Clampin et Boireau au collet et leur intiment l'ordre de vider la place sans autre forme de procès.

CLAMPIN. — Comme ça, c'est nous qui sommes refaits et c'est nous qu'on expulse...

BOIREAU. — Laisse donc, j'en ai assez de leur macédoine.

— Et puis il ne doit pas être loin de quatre heures, et les bouts de cigares nous réclament aux Tuileries... jour de musique.

— Es-tu prêt?

— Oui.

CLAMPIN, passant devant la buraliste. — Madame, au plaisir de ne jamais vous revoir. Comme disait Frédérick dans *Don César :* je me suis baigné avec des manants, et ils m'ont volé comme des gentilshommes!

XXXIV

CE QUE COUTE UNE MAISON DE CAMPAGNE

Autre guitare! Le soleil continue à flamboyer. Rome n'est plus dans Rome.....

I. — DUO PRÉLIMINAIRE AVEC LE LECTEUR.

— Où courez-vous, cher lecteur ?

— Ma foi, je vais chercher une maison de campagne à louer.

— Une maison de campagne!

— Oh! une toute petite bicoque.

— Je sais. Le rêve de tout Parisien. Une chambre et un carré de jardin. Quelque chose dans les deux ou trois cents francs.

— Précisément, je vous avouerai même que l'économie n'est point étrangère à ma résolution.

— L'économie? Ah! bien! ah! très-bien. Il ne manquait plus que cela. Mais, malheureux lecteur, savez-vous ce que vous coûtera votre maison de deux cents francs?... de dix à cinquante mille livres.

— Vous dites?

— Vous avez bien entendu. Si vous vous imaginez que je divague, quelques minutes suffiront à établir la preuve de mon addition.

— Je vous écoute.

— Je commence.

II. — ADDITION.

Donc, mon cher lecteur, vous vous embarquez, comme vous m'avez fait l'honneur de me l'apprendre, pour... Bougival, si vous voulez. Sept quarts d'heure plus tard, vous y devenez locataire d'un immeuble, orné d'un parc grand comme le mouchoir d'un de nos aïeux.

Mais vos goûts sont modestes, et vous êtes au comble de vos vœux. Je pose 200.

A tout immeuble, il faut pour complément quelques meubles, — si peu que ce soit.— En homme rangé, vous calculez qu'il vaut mieux en faire l'achat que de grever votre budget de frais de location dont il ne vous resterait rien. Les tapissiers vont vite, à ce qu'assure la ballade. De fauteuil en commode, vous en arrivez par une pente insensible au chiffre de quatre cents francs.

Je pose 400.

Ces points préliminaires réglés, vous songez, toujours avec le même esprit de conduite, qu'il vous importe au plus haut degré de ne pas vous exposer par des retards intempestifs à manquer les heures de convoi.

Pour cela votre montre, compromise par un trop long usage, ne vous paraît pas offrir des garanties suffisantes. Un bon chronomètre Breguet, pensez-vous, est indispensable à l'habitant des champs que ses affaires appellent à la ville. Les chronomètres font payer cher leurs services.

Je pose 500.

Pour vous épargner le détail des dépenses courantes, je vous demande la permission de coter tout de suite en bloc les articles voyages, faux frais de toilettes rustiques, etc.

Je pose 250.

Vous voilà installé, vous voilà bourgeois campagnard. Vous dormez mal, car le lit est dur. Bast! vous ne vous en réveillerez que plus tôt, et les matinées à la campagne sont le rêve du vrai amateur. A cinq heures vous ouvrez votre fenêtre.

Diantre! votre jardin est dans un désordre!... Tant mieux. Vous adorez le jardinage. On adore toujours le jardinage dans ces cas-là.

Aussitôt vous courez acheter bêches, arrosoirs, râteaux, et vous bêchez, vous arrosez, vous ratissez!

Après quinze jours de cet exercice, un paysan qui vous regarde faire à travers les treillages daigne vous annoncer que votre terrain ne vaut rien pour les fruits, pas grand'chose pour les fleurs, encore moins pour les légumes, mais qu'avec beaucoup de soin, d'eau et de fumier vous pourrez y coloniser des radis.

La première botte,— où figurent douze de ces végétaux,— vous coûte trois mois d'efforts et la modique somme de cent onze francs.

Je pose 111.

Ces chiffres préliminaires ne sont, bien entendu, que les bagatelles de la porte.

— En effet, murmurez-vous, nous sommes loin de votre total effrayant.

— Patience, cher lecteur, nous n'y viendrons que trop tôt.

En vous retirant à la campagne, votre intention, je le suppose, ne saurait être de vous y établir en ermite. Jamais au contraire occasion plus favorable ne se présentera pour rendre aux amis et connaissances les politesses qu'on en a reçues. Vous avez d'ailleurs conservé des illusions horticoles et l'amour-propre de l'homme qui croit élever des radis ne connaît pas de limites.

Aussi à chaque personne que vous rencontrez dans vos excursions à Paris :

« Venez donc un de ces jours, dites-vous avec empressement... sans cérémonie. A la fortune du pot ! Surtout n'y manquez pas, je ne vous le pardonnerais de ma vie... Je ne vous fixe pas de date.... A l'improviste. Quand vous voudrez. C'est arrangé... Je vous montrerai mes plates-bandes. »

Vous avez battu le rappel au son du tourne-broche : ce rappel va droit au cœur de l'amitié.

Au troisième roulement, vous avez à votre table douze convives — *sans cérémonie.*

Ils en abusent de ces deux mots, les traîtres !

— *Sans cérémonie,* mon bon, ce vin-là, pour un gosier civilisé est un peu sauvage. Ta cave doit recéler quelques flacons de bordeaux. Allons, monsieur le cachotier, exécutons-nous.

10

— *Sans cérémonie,* je ne vous gêne pas. Avec votre permission, je m'installe ici pour la semaine. Un matelas par terre, un lit de camp, ce qu'il vous plaira.

— *Sans cérémonie,* vous n'auriez pas une blouse, un sarrau, n'importe quoi. Je craindrais de gâter ma redingote. Laissez-moi faire, je sais où est la garde-robe. J'y puiserai — *sans cérémonie !*

Pantalons, gilets, vestes, — jusqu'à votre habit à boutons de métal, — y passent *sans cérémonie.*

A la fin de la saison, la note de votre traiteur se monte à trois mille cent dix francs trente-cinq, celle de votre tailleur à huit cent quatre-vingt-dix francs vingt centimes.

Je pose 4,000 fr. 55.

Vous avez, il est vrai, recueilli plusieurs volumes de compliments sur la magnifique venue de vos radis, mais ce qui vous force à suspecter la sincérité de ces congratulations, c'est que vos hôtes semblent leur préférer de beaucoup les cerises et les groseilles des champs voisins.

A preuve que pour assoupir les réclamations des dévalisés vous payez, — les fruits sont chers dans la banlieue, — quatre cent vingt-neuf francs d'indemnités amiables.

Je pose 429.

Vous soupirez ?... Ménagez vos soupirs, nous ne sommes pas au bout.

Le bruit de vos munificences involontaires s'est si bien propagé que le nombre de vos hôtes grossit sans cesse; vous finissez par passer pour un seigneur châtelain.

Dangereuse réputation, cher lecteur ! A chaque passage du facteur vous recevez des lettres ainsi suscrites :

Monsieur X... en son castel de Bougival.
Monsieur X..., à Bougival, dans ses terres.

Le contenu de ces épîtres varie de cent façons un thème
connu.

MODÈLE I.

« Mon bon X..., vous qui avez des maisons de campagne,
vous ne sauriez repousser la demande d'un ami dans l'embarras... »

MODÈLE II.

« Mon excellent camarade,
« La splendeur de ton hospitalité m'enhardit à solliciter de
toi un léger service... »

MODÈLE III.

« Mon brave amphitryon,
« Puisque la fortune gonfle tes voiles, profites-en pour obli-
ger un cœur reconnaissant... »

Comme je vous suppose sensible, charitable, orné en un
mot de toutes les qualités, je cote à deux billets de mille vos
épanchements obligeants.

Et je pose 2,000.

Le mal, quand l'addition s'arrête là, est encore supportable.
Mais qu'il surgisse des complications !...

Par exemple : votre chronomètre qu'un de vos visiteurs
vous avait emprunté pour une promenade a reçu dans cette
excursion une secousse qui a dérangé son économie inté-
rieure.

Faute de connaître ce détail, un jour que vous avez à Paris une affaire urgente, vous arrivez au chemin de fer un quart d'heure après le départ du train.

Il s'agit d'une commande, un autre l'a emporté en votre absence.

Je pose 12,000.

Une compensation vous console. L'espérance d'un mariage projeté pour l'hiver suivant, quand un matin, — ce matin-là, il y a huit jours que la présence de vos garnisaires vous retient malgré vous à la campagne, — votre belle-mère courroucée vous écrit :

« Que votre indifférence a exaspéré sa fille, qu'elle a appris du reste que vous étiez un homme sans conduite et sans ordre, que vous vous livriez à de folles dépenses, que... que... »

En deux bonds vous êtes à Paris. Vous essayez de plaider votre cause, on ne vous écoute pas; vous insistez, on vous regarde et on vous rit au nez ; car pour comble d'infortune, vous venez, à votre insu, roucouler votre défense avec un coup de soleil qui vous défigure horriblement, — un coup de soleil contracté pour l'amour de ces maudits radis! Tout est rompu! la dot est perdue !

Je pose 30,000.

Ajoutez qu'à votre retour vous trouvez votre mobilier de la rue de Provence dévoré par une légion de mites, que vous rapportez de votre villa un rhumatisme perpétuel, qu'enfin au milieu de l'hiver vous voyez fondre sur votre tête une as-signation de votre ex-propriétaire vous invitant à vous rendre devant le juge de paix de Versailles, pour vous entendre condamner à lui rembourser le prix des arbres que vous avez déracinés dans sa prétention de jardin.

Je pose.....

III. — REPRISE FINALE DU DUO

Vous m'interrompez, cher lecteur, et, — en vous grattant le front, —vous me demandez que faire...

Mon Dieu, si vous êtes amateur forcené de villégiature, allez droit place de la Madeleine. On vend là des giroflées superbes.

Achetez-en deux pots et mettez-les sur votre croisée.

C'est plus sûr, aussi champêtre, — et moins ruineux.

XXXV

LES GIRONDINS DU CANOTAGE

Un bosquet de l'établissement dit des *Marronniers* à Bercy.

Au milieu est dressée une table décorée de six convives, trois masculins, trois féminins (les convives)...

Le côté masculin est revêtu de vareuses bariolées de blanc et de bleu comme les boutiques de journaux du jardin des Tuileries. Embonpoint naissant. Casquettes rehaussées d'un ruban aux extrémités duquel flottent des ancres imprimées. Le côté féminin est vêtu de chemises de flanelles rouges qui conviennent à merveille à des engagées volontaires de la gaieté. Une jupe de laine à raies et un chapeau de paille complètent l'accoutrement.

MADEMOISELLE FANFERLUCHE, manches retroussées, nez *idem*. — Palamède, vos lenteurs me font mourir. Si vous continuez, la chute des feuilles commencera avant que vous ayez fini de découper.

PALAMÈDE. — Miss Fanferluche, la faim doit être patiente puisqu'elle est éternelle.

FLAMINET. — Moins de sentences et plus de jambonneau.

FANFERLUCHE, se servant. — Après vous, je n'en ferai rien.

BASQUINE. — Flaminet, arrache-lui quelques dividendes de ce comestible, ou elle va manger le capital.

HÉGÉSIPPE. — Basquine a raison. Je vote une intervention.

FANFERLUCHE. — Voilà-t-il pas ! pour quatre pauvres petites tranches.

PALAMÈDE. — Mesdames et messieurs, je vous rappelle à la pudeur. Nous ne sommes point ici sur le radeau de *la Méduse* et vous m'humiliez dans mon menu.

GRIGNOTTE. — Je découvre des côtelettes.

HÉGÉSIPPE. — Des côtelettes ! Palamède, m'expliquerez-vous ces folles dépenses? Palamède, auriez-vous commis un crime ou inventé un remède contre les engelures?

PALAMÈDE. — Vos calomnies n'arriveront jamais à la hauteur de mes côtelettes.

BASQUINE. — Je répondrais de l'honneur de Palamède comme du mien.

FANFERLUCHE. — Pas de bêtises.

FLAMINET. — Mais alors pourquoi Lucullus dîne-t-il chez Palamède?

PALAMÈDE. — Messieurs, ceci est notre banquet des Girondins.

HÉGÉSIPPE. — Je demande alors qu'on remette le dessert au prochain numéro.

FANFERLUCHE. — Du tout ! j'en veux du dessert.

PALAMÈDE. — Ame naïve! Hégésippe a voulu faire un mot et il a dit vrai, sans s'en douter. Ce soir est notre dernier jour.

BASQUINE. — Méditeriez-vous un suicide avec complicité de fumerons?

FANFERLUCHE. — Allons donc!

FLAMINET. — On va vous dire le mot du *rébus*.

PALAMÈDE. — Hélas! mes amis, c'en est fait du canotage. Ce qui n'était qu'un jeu devient une institution. Le canotage s'organise en société comme la littérature, fonde des prix, en gagne, institue des cercles et crée des journaux! Non, non, vous n'êtes plus Lisette! Elles ne sont plus, ces parties insoucieuses du bon temps; le canotage est mort avec la dernière grisette. Ces charmants petits êtres désintéressés...

FANFERLUCHE. — Eh bien! et nous!

PALAMÈDE. — Hégésippe, draine un peu de bordeaux dans le verre de ces dames pour me préserver des interruptions.

HÉGÉSIPPE. — Versez! Boum!

PALAMÈDE. — Je reprends. La grisette n'est plus, je l'ai démontré.

BASQUINE, la bouche pleine. — C'est trop...

PALAMÈDE. — Oui! Pour une seule bouchée!... Ce n'est pas tout! messieurs. Le vaudeville s'est à l'avance disputé nos dépouilles et nous a dépoétisés en nous chansonnant. L'orgue de Barbarie lui-même a colporté sur notre compte des refrains de barrière.

FANFERLUCHE, fredonnant :

> Voulez-vous savoir ce qu'il faut
> Pour être canotière.

HÉGÉSIPPE. — Pas de vers !

GRIGNOTTE, s'abusant sur la valeur de l'expression. — Non, pas de verres, buvons à la bouteille comme aux jours de traversée au long cours de Bezons à Saint-Cloud !

FLAMINET. — Grignotte, ma reine, votre communisme sent trop le bouchon.

PALAMÈDE. — Je me redonne la parole.

HÉGÉSIPPE. — Abuse de tes désavantages.

PALAMÈDE. — Le gandinisme nous envahit. J'ai vu de mes yeux des équipes en bottes vernies, des rameurs en gants chocolat ! J'ai vu même un canotier en lorgnon ! Je le répète, le canotage a filé son dernier nœud. C'est pour cela, messeigneurs, que je vous ai réunis dans ces agapes fraternelles.

FANFERLUCHE. — Qui ça Agathe ?

PALAMÈDE. — D'où le champagne a été rigoureusement exclu pour prouver que nous ne nous sommes pas laissé gangrener par la fashion. Enterrons comme il sied notre joyeux passé.

FANFERLUCHE, obstinée dans son interpellation. — Qui ça Agathe, tu me trompes donc ?

PALAMÈDE. — Non, c'est toi qui te trompes.

FANFERLUCHE. — Palamède, tu me connais.

PALAMÈDE. — Ne me reproche pas mes défauts.

FANFERLUCHE. — Tu dis ?

HÉGÉSIPPE. — J'accepte tes excuses et je bois aux mânes du canotage.

GRIGNOTTE :

Mourir pour la patrie !...

FLAMINET. — Palamède a raison. Notre vieux canot commence à s'écailler, et nous-mêmes nous n'apportons plus.....

PALAMÈDE. — Enfin, mes amis, s'il faut tout vous dire, je m'établis.

FANFERLUCHE. — Scélérat !

FLAMINET. — Puisqu'on ne peut plus être canotier, je me fais recevoir avocat.

BASQUINE. — Ciel ! sa raison l'abandonne.

HÉGÉSIPPE. — Et moi, j'achète une charge.

FANFERLUCHE. — Moi, je franchis les ponts, depuis dix ans que j'ai passé bail avec la rive gauche.

PALAMÈDE. — Dix ans ! et tu t'en donnais vingt et un. Tout est fini entre nous.

BASQUINE. — Flaminet, qu'est-ce que je vais faire ?

FLAMINET. — T'étourdir si tu persistes à cultiver ce bordeaux.

BASQUINE. — Ainsi tu m'abandonnes ?

FLAMINET. — Palamède m'a ouvert les yeux, le canotage n'est plus qu'un sépulcre blanchi.

HÉGÉSIPPE. — On n'y sait plus rire.

FLAMINET. — Quand je songe à ce qu'il était à l'origine !

HÉGÉSIPPE. — Quand je pense aux parties d'autrefois !

FLAMINET. — C'est décidé, nous nous rangeons.

PALAMÈDE. — Pour laisser passer les autres.

HÉGÉSIPPE. — Les autres ! Il n'y en a plus ! Les canotiers d'aujourd'hui.....

PALAMÈDE, avec une pointe de mélancolie. — Ne diffèrent pas tant que nous voulons bien le dire de ceux d'autrefois. Seulement nous avons vieilli.

FANFERLUCHE. — Oh! oui.

PALAMÈDE. — Noyez donc ses exclamations.

FLAMINET. — Versez, boum !

PALAMÈDE. — Non, mes amis, ne nous faisons pas d'illusions. Dans dix ans, de nouveaux vétérans célébreront comme nous leurs adieux à la gaieté.

HÉGÉSIPPE. — A la porte, le hibou !

PALAMÈDE. — Et, comme nous, se lamenteront sur les ruines...

FLAMINET. — De Carthage.

PALAMÈDE. — De leur jeunesse.

HÉGÉSIPPE. — Ne parlons pas des absents.

PALAMÈDE. — Tu as raison. A demain les affaires sérieuses. Je propose un quadrille au *Lapin couronné*.

FLAMINET. — Oui, au *Lapin* !...

PALAMÈDE. — Fanferluche, acceptez mon bras.

FANFERLUCHE. — Puisque nous nous séparons.

PALAMÈDE. — On doit donner congé douze heures d'avance. Je t'en dois encore huit, et *vice versâ*.

TOUS. — Oui ! oui ! *Au Lapin couronné !*

Ils sortent en tumulte.

PALAMÈDE, se ravisant, au gamin qui garde le canot. — Dis donc, petit? Nous rentrerons peut-être un peu tard. Si ça t'ennuie d'attendre, tu te coucheras... Surtout, aie bien soin de fermer les fenêtres pour éviter les courants d'air.

LE GAMIN. — Faudra-t-il mettre la clef sous le paillasson ?

PALAMÈDE. — Toi, voilà deux sous pour la réponse. Elle en vaudrait trois, — mais je n'ai que des billets sur moi, — et ils sont protestés !

XXXVI

LES CONFIDENCES D'UN VIEUX CHEVAL DE COURSE

La foule était grande ce dimanche-là dans le parc de La Marche.

Fête de rayons, fête de toilettes. Bizarre assemblage de fringants équipages, de soieries chatoyantes, d'élégances aristocratiques, de recherches bourgeoises.

Et tandis que je me glissais avec de sages précautions à travers le dédale des voitures, un hennissement étrange me fit brusquement retourner.

C'était un vieux cheval, maigre comme un discours académique, long comme un feuilleton, laissant percer les secrets de sa charpente comme un drame du boulevard. Il était attelé à l'un de ces fiacres qu'on regarde sans être le moins du monde fier d'être Français.

Le hennissement s'adressait à un confrère répondant à peu près au même signalement et rivé à un fiacre voisin. Il était accompagné d'un mouvement de tête dédaigneux.

Hennissement et mouvement de tête signifiaient, à ne pas s'y méprendre :

— Des courses ! La belle affaire ! Tas de badauds, j'en ai passé bien d'autres.

A quoi le confrère fit un signe d'acquiescement, qui voulait évidemment dire :

— Camarade, vous avez raison !

La glace une fois rompue, la conversation ne devait pas en rester là. Le Nestor de la race chevaline avait trouvé un auditeur bénévole ; les deux cochers avaient entamé une paire de sommes, tout concourait à favoriser les épanchements du narrateur.

— Des courses ! La belle affaire ! répéta le premier interlocuteur après une pause. Toujours la même comédie avec des personnages différents. Ce n'est pas à moi qu'on en remontrera sur ce chapitre.

— Auriez-vous été dans la partie ? répliqua le second cheval avec une curiosité dans laquelle perçait une nuance de respect.

— Si j'y ai été ! Et vous ?

— Moi ! Ci - devant vétéran du 3ᶜ hussards pour vous servir.

— Comme ça, tout vétéran que vous vous proclamez, vous êtes, l'ancien, un novice en fait de sport. Il fallait le dire plus tôt, on vous aurait servi de cicerone. Quand on a remporté à soi seul douze prix, je crois qu'on a le droit de s'y connaître.

Le vétéran du 3ᶜ hussards cligna les yeux d'un air pénétré.

— Pour lors, l'ami, vous vous figurez peut-être bonnement que tous ces gens-là sont venus ici par amour pour nous, dans l'intérêt, comme disent les prospectus, de l'amélioration de la race chevaline?

Les courses, mon brave, c'est comme qui dirait une représentation où le spectacle serait dans la salle... Les vrais acteurs sont les spectateurs eux-mêmes.

Apercevez-vous là-bas cette dame dont la voiture arrogante et les atours tapageurs font violence à l'attention. Ce ne sont certes pas les péripéties hippiques qui nous valent l'honneur de sa présence.

En ce moment même elle tourne le dos aux coureurs et n'a d'yeux que pour une *victoria* dans laquelle elle a entrevu une rivale dont les diamants valent cinq cents francs de plus que les siens. Mauvaise journée! Pourquoi affiche-t-elle un luxe suspect qu'elle devrait cacher?

Entendez ces deux jeunes gens qui semblent promener sur leur dos une gravure de modes :

— Cent louis pour *Tomate*.

— Je les tiens pour *Cabriole*.

Les cent louis signifient cent sous. A bon entendeur salut, et à toute vanité miséricorde!

Là-bas, ce couple bourgeois fourvoyé dans la mêlée fashionable.

Monsieur bâille, madame bâille. Monsieur se reproche le prix du véhicule qui les a amenés; madame se reproche le prix du véhicule qui les emportera. Mais madame et monsieur sont presque consolés en songeant à la profonde impression qu'ils causeront demain soir, lorsqu'en faisant le loto chez les amis du Marais, ils laisseront tomber cette phrase nonchalante : — Etiez-vous hier à la Marche? Nous y fûmes. C'était admirablement composé.

Je vous étonne, mon camarade. Ah! dame, on voit ici de drôles de choses : des petites-maîtresses qui tomberaient en faiblesse, si l'on marchait sur le bout de la patte de leur king's-charles, y assistent sans frémissement à la chute d'un jockey tué sur le coup. De faux riches y travaillent par l'étalage d'un appareil menteur à asseoir le crédit qui leur sert de capital.

On y voit des spéculateurs chercher des émotions dans le feu des paris, des journalistes chercher une chronique, des tailleurs chercher une coupe de pantalon.

Ce dont on se préoccupe le moins, c'est du pauvre cheval qui risque sa vie pour servir de prétexte à ces chassés-croisés.

Encore ceux qui meurent ne sont-ils pas les plus malheureux.

Ils n'ont pas les coups de fouet pour ordinaire et l'équarrisseur pour perspective.

Le vétéran du 3ᵉ hussards poussa un grondement qui ressemblait à un sanglot et une larme roula dans ses yeux.

Etait-ce sympathie pour son ami ou retour sur son propre sort?

— Bah! reprit l'orateur, n'y pensons plus. Vous avez voulu savoir ce que c'est qu'une course; vous le savez mainte...

Un coup de fouet coupa la fin de la phrase. Les deux invalides à quatre jambes échangèrent un regard d'adieu et partirent, l'un après l'autre, au tout petit trot.

Cependant le parc s'était vidé, je me retrouvai seul, me demandant si j'avais bien réellement entendu la conversation que je viens de rapporter.

Avouez que si mon cheval philosophe n'a pas tenu ce langage, il aurait eu le droit de le tenir.

XXXVII

UNE VICTIME DES EAUX

I. — GASTON BRUNOIS, A SON AMI LÉON DERVILLE.

Paris, 15 juin 18...

Mon cher ami,

Quand cette lettre te parviendra, — je n'aurai pas cessé de vivre, mais j'aurai cessé de m'ennuyer.

Deux cent douze soirées, quatre mille polkas et un nombre incalculé de cotillons m'avaient rendu Paris odieux. J'étais las du gaz et du bitume, de l'habit noir et de la cravate blanche, de l'étiquette et de la mise en scène.

Les dîners et les concerts, renforcés de je ne sais combien de représentations du *Trouvère*, m'avaient achevé, — si bien achevé que, ma parole d'honneur, je me sentais une véritable vocation pour la profession de malade.

Sur quoi, mon médecin, un homme de bon conseil, m'a dit : Mon petit, — il m'a vu pas plus haut que cela, — mon

petit, tu es tout près de devenir hypocondriaque; les veilles
et les plaisirs de la ville ne te valent rien. Tu vas avoir l'obli-
geance de rentrer chez toi, de préparer tes paquets et de partir pour les eaux.   Lesquelles? — N'importe. Rappelle-toi
que si toutes ne font pas de bien, aucune ne peut faire de
mal, avantage que ne possèdent pas bien des remèdes!

Du calme, de l'air, du repos, voilà ce qu'il te faut avant
tout. Va, reviens et tu m'en diras des nouvelles.

Je vais, je reviendrai s'il plaît à Dieu, et je m'empresserai
au retour de renseigner ce cher docteur, mais auparavant
j'ai voulu t'informer toi, mon fidèle Achate, de ma soudaine
résolution. Il faut un confident aux églogues que je projette.

Ah! mon cher ami, la vie indépendante, la nature, le sans-
façon! que tout cela va me sembler bon après six mois de
contrainte mondaine. Vivent les joies agrestes, les régals de
verdure et d'eau claire! Je boirai mon premier verre à l'abo-
lition de la polka et du faux col.

Adieu!... non, à revoir. Le chemin de fer m'attend. Je
suis heureux.

II — DU MÊME AU MÊME.

Vichy, 20 juin 48...

Mon cher Léon,

J'avais oublié de te dire sur quelle ville j'avais jeté mon
dévolu, le timbre de cette lettre te l'apprendra.

A quoi tiennent les décisions humaines? Le souvenir
d'une boîte de pastilles de Vichy consommée dans ma tendre
jeunesse m'a entraîné dans cette ville plutôt que dans une

autre. On m'assure, au reste, que c'est partout la même chose.

Arrivé depuis avant-hier seulement, je n'ai pas encore eu le temps d'inaugurer ma vie bucolique. Provisoirement je loge à l'hôtel et je dîne à table d'hôte, ce qui n'a rien de précisément champêtre.

Pour surcroît d'infortune, j'ai rencontré, au débotté, toute une famille parisienne de ma connaissance.

— Ce cher monsieur Gaston! Vous viendrez passer la soirée chez nous demain. On fait un peu de musique!

On en a fait beaucoup.

La fille aînée a exécuté au piano une fantaisie sur le *Trouvère*, le fils a joué un andante du *Trouvère* sur la petite flûte, la fille cadette a chanté la cavatine du *Trouvère*.

Et moi qui fuyais cet opéra! Et moi qui voulais rompre avec l'habit noir!

Je suis rentré à deux heures du matin, après avoir conduit un cotillon acharné. Encore une de mes antipathies.

Patientons! demain je prendrai ma revanche et je reviendrai à mon plan pastoral. Je suis brisé de fatigue. Pardonne-moi de souffler ma bougie après t'avoir serré la main.

Bonsoir!

III. — DU MÊME AU MÊME.

Vichy, 1er juillet 18...

Mon cher ami,

Passe immédiatement chez mon tailleur, et prie-le de m'expédier sur-le-champ, à l'adresse ci-jointe, quatre pantalons, deux habits, trois redingotes.

Item. Chez mon bottier, pour six paires de bottines vernies.

A toi.

IV. — DU MÊME AU MÊME.

Vichy, 8 juillet 18...

Mon bon Léon,

Tu n'auras probablement rien compris à mon billet laconique de l'autre jour.

Est-ce bien moi l'homme aux rêves de la semaine dernière, l'affamé de calme et de sans-gêne qui t'ai confié cette forte commission de toutes sortes d'élégance?

Hélas!

A coup sûr, je me trompe, je ne dois pas avoir quitté Paris. De la table sur laquelle j'écris, je découvre un horizon de raies au milieu du front et de falbalas. Il me semble être sur le boulevard et je cherche involontairement les baraques des marchands de journaux.

Ne me demande pas quel goût ont les eaux *digestives et apéritives* de cette contrée. J'ai eu, ma foi, bien autre chose à faire. Je ne me suis pas encore couché avant minuit. Mon médecin appelle cela se reposer. Bon docteur!

En deux mots...

Excuse-moi. On vient me chercher pour répéter un proverbe que nous allons jouer dans un salon de la localité. Je reprendrai mon récit au prochain numéro.

Fais-moi envoyer deux chapeaux et trois douzaines de cravates blanches.

Amitiés.

V. — DU MÊME AU MÊME.

Vichy, 15 juillet 18...

Pour le coup, mon cher Léon, c'en est trop.

Tel que tu pourrais me voir, je sors d'un concert, — le treizième, — et dans tous on a joué du *Trouvère*.

Le matin, première toilette ; à deux heures, second costume ; à six heures, troisième travestissement. Puis des représentations théâtrales, des bals de bienfaisance, des charades, des roulades, des obsessions, des prétentions, des indigestions.

Je suis courbatu, brisé, pommadé, harcelé, exaspéré. Que diable, il fallait m'avertir que les eaux avaient été inventées pour prolonger l'hiver de quatre mois.

Si tu rencontres mon médecin, dis-lui... non, je le lui dirai moi-même, s'il me reste, à mon retour, assez de force pour me mettre en colère.

En attendant, je veux compléter l'épreuve. Je pars ce soir pour l'Allemagne. Là, peut-être, le repos sera une réalité.

P. S. J'emporte dans ma malle une bouteille d'eau de Vichy. Nous la goûterons ensemble cet automne.

VI. — DU MÊME AU MÊME.

Ems, 30 juillet 18...

Mon cher ami,

Il n'y a rien de changé ; il n'y a qu'un baragouin allemand de plus.

11.

Au lieu d'entendre du *Trouvère* une fois par jour, on en entend deux fois. Au lieu de vingt personnes de connaissance j'en ai rencontré cent, au lieu de payer un poulet cinq francs, je le paie dix, au lieu de danser pendant trois heures je danse pendant huit, au lieu d'une courbature j'en ai quatre.

J'oubliais les émotions de la roulette qui a fait dans ma bourse l'effet d'une machine pneumatique.

Courrier par courrier, expédie-moi de quoi revenir.

A bientôt. — Qu'on bassine mon lit.

VII. — DU MÊME AU MÊME.

Paris, 5 août 18 ..

Où es-tu, mon cher Léon?

Je suis arrivé ce matin et je te demande à tous les échos.

Je rapporte de mes excursions un rhume atroce, contracté dans le chemin de fer, et un paquet de cigares de contre-bande que la douane, après saisie, m'a taxé d'une amende de deux louis. — Les derniers!

Mon porte-monnaie est à sec; mes jambes refusent le ser-vice, ma garde-robe est entièrement à renouveler, enfin ma bouteille d'eau de Vichy s'est cassée pendant que je descen-dais de wagon.

Mon cher Léon, où es-tu? Abandonnerais-tu une victime des eaux?

VIII. — LÉON DERVILLE A GASTON BRUNOIS.

Passy, 7 août 18...

Mon pauvre Gaston,

Je suis à Passy que je n'ai pas quitté.

Mon loyer m'y coûte toujours quatre cents francs; quelques écus m'y procurent une nourriture décente. Le bois complète le festin.

Je n'y use pas de gants, n'y danse pas de cotillon, n'y entends pas chanter le *Trouvère*, et l'omnibus coûte six sols.

J'ai, par conséquent, sous la main ce bonheur que tu allais chercher bien loin.

Je t'en offre la moitié.

Viens te reposer de tes fatigues. Nous dirons du mal des eaux et de ton docteur.

Je te serre la main.

XXXVIII

DZING! BOU

Dzing !

Ce sont toujours les mêmes réjouissances venant déposer leurs immondices de joie au pied des pauvres arbres qui n'en peuvent mais ;

Boum !

Ce sont toujours les mêmes symphonies de mirliton et les mêmes coursiers de bois trottant aux sons enchanteurs de l'orgue infatigable ;

Dzing !

Ce sont toujours les mêmes tourniquets où l'on gagne un vase utilitaire intérieurement tapissé de l'œil classique ;

Boum !

Ce sont toujours les mêmes macarons à l'huile, les mêmes lampions à la fleur d'oranger ;

Dzing !

Ce sont toujours les mêmes paillasses déjeunant à la fourchette d'une tartine de résine enflammée ;

Boum !

Ce sont toujours les mêmes Terpsychores du *faubourg An-toine,* exhibant leurs mollets d'éléphant dans des fourreaux couleur de saumon qui tourne ;

Dzing !

C'est toujours le même phoque filial et apprivoisé qui dit *papa* en valsant dans sa baignoire ;

Boum !

C'est toujours la même héroïne charnue qui pèse 500 et fait palper ses redondances par les sceptiques de *l'aimable société ;*

Dzing !

C'est toujours le même homme-squelette invitant *messieurs les amateurs* à éteindre une bougie en la soufflant à travers son corps ;

Boum !

C'est toujours la même *jeune et belle Polonaise* qui, par un effet patriotique de la grossesse maternelle, porte écrit dans l'œil le nom de Poniatowski.

Dzing !

C'est toujours le même mât de cocagne attroupant autour de son poteau de Tantale les convoitises gymnastiques ;

Boum !

C'est toujours le même feu d'artifice trouant des mêmes baguettes le chapeau et le sinciput des enthousiastes trop rapprochés ;

Dzing !

Ce sont toujours les mêmes piaillements, les mêmes gloussements, les mêmes miaulements, les mêmes ahurissements, les mêmes boniments ;

Boum !

C'est toujours la même fête publique;

Dzing !

Ce sont toujours...

Boum !

Les mêmes...

Dzing ! Boum !

Imbéciles !

*
*   *

Et pourtant...

XXXIX

LE MONSIEUR QUI DÉTESTE LA FOULE

I. — LA VEILLE DU 15 AOUT.

Dans un bureau du ministère de ***.

La journée tirant à sa fin, les employés se reposent de n'avoir pas fait grand'chose en ne faisant rien du tout, et pendant qu'ils rangent plumes, encre et paperasses, se livrent à de douces considérations sur le congé du lendemain :

— Quelle chance! liberté complète jusqu'à vendredi. Si j'étais quelque chose dans le calendrier, c'est moi qui m'arrangerais pour qu'il y eût au moins deux 15 août par mois.

— Deux, ce ne serait guère. Il me semble que quatre jours de fête sur trente constitueraient une proportion aussi équitable que séduisante.

— L'amendement est adopté. A propos de la fête, est-ce que vous irez voir ça, vous, Bonnivet?

— Moi! est-ce pour m'insulter que vous me posez une pareille question?

— Loin de nos cœurs la pensée de vous manquer de respect.

Ne fût-ce qu'à l'ancienneté, vous avez des droits imprescripti-
bles à nos égards, noble doyen de ce bureau !

— A la bonne heure ! Apprenez, messieurs, qu'un Parisien
qui sait son Paris sur le bout du doigt ne se fourvoie pas dans
de pareilles cohues. Quand vous me verrez dans une fête...
Je déteste bien trop la foule pour cela.

— Il suffit, ne vous emportez pas !

— Oui, je la déteste, et pour la fuir, je serais capable d'aller
aux antipodes. Demain, dès le lever du soleil, je pars pour
Meudon et je ne reviens qu'à minuit... La foule ! ne me parlez
jamais de...

Quatre heures sonnent. Tous les employés se précipitent
vers la porte de sortie avec l'empressement qu'ils apportent
toujours dans l'accomplissement de cette partie du programme.

II. — LE MATIN DU 15 AOUT.

Bonnivet, le monsieur qui déteste la foule, s'est levé dès
l'aurore, et, après avoir consulté anxieusement son baromètre,
prélude à sa toilette en se faisant la barbe :

— Le baromètre est au beau... Hum ! hum !... Madame
Bonnivet, hâtez-vous de vous habiller. Le canon des Invalides
est tiré depuis longtemps... (*S'interrompant pour consulter
le programme de la fête.*) A midi, commencement des réjouissances... Elles sont jolies, les réjouissances... Ah ! si ce
n'était pas pour vous être agréable !

— Mais je vous assure que je n'y tiens pas à votre fête. Déjà
l'année dernière...

— Vous n'y tenez pas ! Vous dites cela, et si je refusais
de vous y conduire, — je vous connais, — vous me garderiez
rancune pendant trois semaines.

— Encore une fois, je vous assure...

— C'est peut-être moi qui suis curieux de pareilles baliver-
nes. Moi, un Parisien ! moi, qui en ai vu de toutes les couleurs ! moi, qui déteste la foule... Allons, madame, dépêchez-
vous. Le temps de déjeuner...

— Quand je vous répète que je n'ai nulle envie de...

— Parbleu oui ! Parce que vous savez mon antipathie pour
ces divertissements populaires. Mais on n'est pas un égoïste,
on se sacrifie. Vous pouvez vous vanter de me faire faire là
un acte d'abnégation méritoire... En finirez-vous, madame ?

— Nous ne sommes pas si pressés.

— Moi ! certes, non ! Si j'étais le maître, je m'enfermerais
chez moi à triple tour et je laisserais les badauds se précipiter
à l'assaut de ces joies grossières...

— Qui vous en empêche ? Il me semblait que nous devions
aller à la campagne.

— Pour vous voir de mauvaise humeur toute la journée...
J'aime encore mieux faire abnégation de mes goûts... Déjà
neuf heures et demie... Partons, madame, partons !

III. — L'ESPLANADE DES INVALIDES.

Bonnivet, le monsieur qui déteste la foule, pénètre avec des
efforts héroïques au plus dru de la mêlée :

— Peuh !... s'il est permis de traîner ainsi au supplice un
Parisien qui... Ne me quittez donc pas le bras.

— Est-ce ma faute? On ne peut faire un pas.

— Il ne manque plus que vous vous plaigniez, lorsque c'est pour satisfaire votre ridicule curiosité que j'affronte ce tohu-bohu.

— Je suffoque, monsieur.

— Vous figurez-vous que je sois moins sensible que vous à la suffocation? Tenez, les voilà vos mâts de cocagne... Le coup d'œil est rare, en vérité... Regarder une douzaine de malheureux grimper après un poteau stupide...

— Le fait est que...

— Approchons encore. Vous ne devez rien voir. Toujours la même répétition... Est-ce assez monotone!...

— Pourquoi y restons-nous?

— C'est à vous qu'il faut adresser cette question?... Pourquoi m'y avez-vous amené? Si j'étais seul, il y a longtemps que je serais loin.

Le monsieur qui déteste la foule n'en reste pas moins immobile à son poste jusqu'à ce que le dernier concurrent ait enlevé le dernier couvert d'argent.

— Là! Êtes-vous satisfaite? C'est fini. Intéressant spectacle pour former l'esprit et le cœur! Ah! les théâtres de pantomime commencent leurs évolutions. Il va encore falloir subir une nouvelle station...

— Au contraire, mon ami...

— Mon Dieu! ce n'est point un reproche que je vous adresse. Les femmes sont comme les enfants, elles s'amusent de niaiseries, que réprouvent les hommes sérieux. Je ne suis pas un tyran, que diable!... Suivez-moi et ne me perdez pas.

Le monsieur qui déteste la foule tente une nouvelle trouée
à travers les flots de spectateurs.

— Poussé! écrasé! repoussé!... Oh! les fêtes! les fêtes!...
Êtes-vous bien placée, madame? Ce n'est pas sans peine!...
C'est cela, des coups de fusil, des cris, des grimaces! des figurants grotesques combattant avec des sabres de fer-blanc;
la vivandière et le chien du régiment, les Frrrançais arrivent,
l'ennemi se sauve. La vivandière met la main sur son cœur.
Tableau final! Dire que depuis trente ans c'est toujours cette
éternelle répétition!... Comprend-on qu'il y ait des gens assez
dépourvus de sens...

— Mon ami, allons-nous-en.

— Allons-nous-en!... Allons-nous-en! puisque vous y trouvez votre plaisir, je ne veux pas vous en priver. Mais, ma parole, pour le peuple le plus spirituel de la terre... Tiens, le
rideau se lève au second théâtre...

— Mon ami, je suis fatiguée...

— Oui, n'est-ce pas, par égard pour moi!... Venez, madame, venez... puisque cela vous amuse!...

Le monsieur qui déteste la foule assiste intrépidement à trois
représentations consécutives.

IV. — LA BARAQUE DU SALTIMBANQUE.

— Un phénomène!... connu!... Encore quelque attrape
pour les niais!...

— Laissons ces pauvres gens gagner leur vie comme ils
peuvent. Nous n'avons pas besoin d'entrer.

— Croyez-vous que pour dix centimes je veuille vous refuser un plaisir?

— Mon ami...

— N'insistez pas, madame, vous me blesseriez... Où est-il
le phénomène ?

Le monsieur qui déteste la foule pénètre dans la baraque.

— Un albinos !... La belle affaire... Il règne ici une atmosphère viciée... J'en ai vu dix mille albinos... Moi aussi je
deviendrai albinos quand je grisonnerai... Sont-ils seulement
à lui ces cheveux-là?... Quelque perruque... Décidément l'atmosphère est horriblement viciée. Cette populace... Madame,
vous serez cause que j'aurai demain une migraine horrible !

— Prenons une voiture et retournons à la maison.

— Il est bien temps! le mal est fait!

Le monsieur qui déteste la foule visite successivement tous
les saltimbanques de la fête.

V. — LE FEU D'ARTIFICE ET LES ILLUMINATIONS.

— Prenez donc garde, monsieur, vous me marchez sur le
pied.

— Pourquoi monsieur ne met-il pas de sabots?

— Vous êtes un malotru.

— Malotru !... Répétez donc !

— De grâce, mon ami, ne vous commettez point.

— A qui la faute, madame? Si je n'avais pas poussé la con-
descendance jusqu'à assister pour vous à ce feu d'artifice.
Ce n'est pas sans raison que je déteste la foule. On y est ex-

posé sans cesse... Admirez à votre aise les chandelles romai-
nes... La chose en vaut vraiment la peine. Trois douzaines de
fusées et un bouquet d'une pauvreté... Comment! c'est tout?..
Dans ma jeunesse du moins les feux d'artifice duraient trois
bons quarts d'heure... Pourquoi se déranger pour une semblable misère?

— Mon ami, je n'en puis plus!...

— Vous oubliez les illuminations. Ah! vous aimez les fêtes,
madame! Ah! vous me contraignez à imposer silence à mes
goûts délicats. Soyez donc pleinement satisfaite. Il paraît qu'elles sont superbes les illuminations de l'arc de l'Étoile...

— De grâce...

— Sans compter celles du parc Monceaux.

— Mon...

— Celles du boulevard Malesherbes.

— Je...

— Celles de l'Hôtel-de-Ville!... Ah! vous aimez les fêtes...

Le monsieur qui déteste la foule accomplit scrupuleuse-
ment son odyssée à travers les rues et places ci-dessus men-
tionnées, et ne rentre chez lui qu'à deux heures du matin en
s'écriant :

— Ah! madame, madame, vous serez cause de ma mort.

VI. — LE LENDEMAIN.

Au bureau du ministère de ***.

— Eh bien! Bonnivet, êtes-vous content de votre partie de
campagne?

— Hélas!

— Seriez-vous resté à Paris ?

— Ne m'en parlez pas ! Moi qui déteste la foule, obligé de promener ma femme dans la fête pendant seize heures... Vous êtes bien heureux d'être garçon, vous !

XL

LES PLAISIRS LITTÉRAIRES

— Parlez-vous ironiquement?

— Hé! hé!

— Par antiphrase?

— Ho! ho!

— Littéraire qui, littéraire quoi? Est-ce qu'on est littéraire à notre époque!

— Qui sait?

— Est-ce qu'on lit quelque chose.

— Peut-être! ne fût-ce qu'un journal...

— Un journal!... Vous m'y faites songer... Sept heures viennent de sonner... Courons chercher. .   .   .   .   .   .

XLI

MON JOURNAL

* *

Le voilà ! c'est bien lui ! Mon journal politique, commercial et littéraire. Mon grand journal ! Le pain quotidien de ma curiosité !

Le voilà encore humide de l'étreinte de la presse ! Sur la bande de couleur riante s'étale en lettres imprimées ma qualité d'abonné au-dessus de mon adresse.

Je l'attendais avec l'impatience d'un amoureux ; je le regarde avec la jalousie d'un mari et la fierté d'un propriétaire.

Mon grand journal ! Mais c'est la science infuse ! l'encyclopédie portative !

Il sait tout, il entend tout, il traite de tout.

Il me parle modes et diplomatie, pisciculture et philosophie, drainage et finances.

Il a, comme Argus, cent yeux qui regardent aux quatre coins du monde, — et moi, je vois par ces yeux-là.

Brisons le sceau qui le tient captif, il me tarde d'en savourer les enseignements... Que va-t-il m'apprendre?

Mais il me semble que des chuchotements s'échappent de son enveloppe. On dirait une conversation furtive. Non, je ne me trompe pas.

Les sons arrivent plus distincts.

Écoutons!

*
* *

LE BULLETIN POLITIQUE. — Dites donc, vous autres, il paraît qu'il est sorti aujourd'hui, car il ne nous a point encore déplié... Le pauvre homme! si nous pouvions le désabuser sur notre compte.

LE BULLETIN DE LA BOURSE. — Malheureux! Et la caisse!

LE BULLETIN POLITIQUE. — C'est juste, camarade! on s'aperçoit que vous êtes très-fort en arithmétique. Mais vous ne m'empêcherez pas, puisqu'il est absent, de rire de sa naïveté.

LE FEUILLETON. — Le fait est qu'on le remplacerait difficilement, cet homme-là, s'il mourait.

LA NÉCROLOGIE, d'un ton ironique. — Celui que nous pleurons fut de son vivant le type accompli du parfait citoyen. Aux vertus modestes de l'homme privé, il joignait...

LES ANNONCES. — Une crédulité...

LE BULLETIN DE BOURSE. — Et une générosité à l'épreuve de soixante francs par an.

LE BULLETIN POLITIQUE. — A la bonne heure! Voilà qu'on se met à l'aise quand le chat n'y est pas.

UN FAITS DIVERS. — Les *canards* dansent.

LE BULLETIN POLITIQUE. — Je crois déjà le voir dégustant

d'un air de componction mes graves considérations sur une *crise imminente*. Pour le moment, je travaille dans le noir. J'affirme imperturbablement que l'*horizon se rembrunit*. Pendant ce temps-là, mon collègue du journal voisin jure que le *même horizon s'éclaircit* J'ai mon point de vue, je le garde, mon collègue garde le sien. Je proclame qu'il est myope, il atteste que je suis aveugle. Les petits échanges entretiennent l'amitié. — Adjugé !

Le BULLETIN DE BOURSE. — En voilà pour deux cent dix lignes, qui à raison de...

LA DÉPÊCHE TÉLÉGRAPHIQUE. — Ce n'est pas à moi qu'on reprochera jamais le nombre des lignes. Je cours, je vole...

LE FEUILLETON. — Dans quel sens ?

LA DÉPÊCHE. — Je dédaigne le quolibet ; je vole au fait. Vive l'électricité pour amuser son public ! Avec cette seule phrase : *Rien de nouveau !* je fais travailler toutes les cervelles contemporaines. Mais de cette phrase-là je n'en abuse guère. Quand il n'y a pas de nouvelles, j'en fais. C'est si commode !

Le lundi : NEW-YORK. — « Sir Archibald est mort. »

LA NÉCROLOGIE, récitant. — Nous venons payer à une mémoire illustre un juste tribut...

LA DÉPÊCHE TÉLÉGRAPHIQUE. — Silence donc, bavarde, vous fourvoyez votre oraison funèbre.

Le mardi : NEW-YORK. — « Il y avait erreur, sir Archibald se porte à merveille. »

Le mercredi : YEDDO. — « Le Japon fermente. »

Le jeudi : YEDDO. — « Le Japon n'a jamais fermenté. »

Un ! deux ! cric ! crac ! oui ! non ! non ! oui ! cric ! crac ! J'ai dit !

LE FAITS DIVERS.— Et moi, donc! J'en ai pour tous les goûts. Aimez-vous le drame?... « Un crime épouvantable vient de plonger dans la stupeur... » Préférez-vous la comédie?... « Une aventure singulière défraie depuis trois jours les cancans de la petite ville de.., »

Aujourd'hui, mon fabricant s'est surpassé lui-même : *La jambe de bois du vétéran*, une perle! Demain, la province se jettera dessus avec avidité; de la France, le paragraphe passera dans les journaux anglais, allemands, italiens, espagnols, puis, franchissant les mers, il s'élancera aux États-Unis, gagnera l'Amérique du Sud, fera une pointe sur l'Océanie, remontera jusqu'en Afrique, obliquera sur l'Asie. Rien à changer que les états de service de mon vétéran.

De l'Asie, ma jambe de bois reviendra par Constantinople, Malte, Marseille et Paris, où on la verra reparaître périodiquement tous les six mois pendant une dizaine d'années. Ce qui n'empêchera pas notre bonhomme d'abonné de pleurer en lisant mon récit. S'il ne pleure pas, je déclare le faits divers mort et enterré.

LA NÉCROLOGIE, continuant à réciter. — En présence d'une fin aussi prématurée, nous avons peine à maîtriser notre émotion, et nous...

L'ARTICLE DE CRITIQUE. — Vous vous répétez, ma chère.

LA NÉCROLOGIE. — Me répéter! c'est ma profession. Avec trente formules j'ai enterré depuis soixante ans toutes les actualités du globe. Ce soir, je prononce des paroles bien senties sur *une tombe à peine refermée* (formule 23). Les morts ont toujours raison. Ci-gît un faux grand homme de plus!

L'ARTICLE DE CRITIQUE. — Grand homme aussi le romancier

inconnu que je prône. Il est intimement lié avec la baronne
qui est un peu parente d'une dame chez la cousine de laquelle
mon critique est reçu. D'où il suit que le roman est un chef-
d'œuvre.

LE FEUILLETON. — Que diriez-vous donc de moi? Je fais, il
est vrai, naître Louis XIV dix ans trop tôt et mourir Richelieu
treize ans trop tard...

LA NÉCROLOGIE, avec empressement. — Dans les circonstances douloureuses on a besoin de se recueillir...

LE FEUILLETON. — Bref, j'enseigne à notre abonné une his
toire de fantaisie dont il se fera honneur dans les salons.

L'ARTICLE DE CRITIQUE. — De coiffure.

LE FEUILLETON. — Vous m'avez pris le mot, je vous le
donne.

LE BULLETIN DE BOURSE. — Imprudent qui donne ! Vendez,
achetez! je pressens la hausse, je pronostique la baisse. Cent
fois je me trompe, n'importe! La confiance ne se commande
pas, elle se gagne. Tant pis pour elle si elle se perd !

L'ANNONCE. — Tant pis! tu as raison... Où en serais-je sans
les gogos? où trouverais-je des cœurs à attacher et des étoffes
à détacher? où placerais-je mes affaires tout or et mes châles
tout laine? où... chut!... notre abonné!...

⁎
⁎ ⁎

Oui, morbleu! votre abonné!... Je me demande comment
j'ai eu la patience de vous écouter jusqu'au bout.

Vos rires insolents auront leur châtiment. Je vais de ce pas
au bureau de mon journal pour signifier à cet organe trom-

peur et quotidien que je cesse de faire partie de sa clientèle...
Certainement que j'y vais... J'étais pourtant accoutumé à cette
lecture... Pas de faiblesse, j'y vais!...

*
* *

Ouf!... me voici revenu!... Viens, mon grand journal fa-
vori! viens, mon vieil ami!

L'habitude est une seconde nature.

Une fois arrivé dans les bureaux, — ma foi! j'ai renouvelé
mon abonnement pour trois ans!

XLII

CEUX QUI ÉCRIVENT AUX JOURNAUX

La boîte d'un journal ressemble à s'y méprendre à un tronc, et de fait c'est d'ordinaire celui des pauvres… d'esprit ; on ne se doute pas du nombre des gens qui éprouvent le besoin de déverser dans ce réservoir le trop-plein de leur âme.

Ceux qui écrivent aux journaux forment à Paris toute une légion. — Ne pas confondre avec ceux qui écrivent dans les journaux.

RÈGLES GÉNÉRALES.

L'homme qui écrit aux journaux est l'amant platonique du papier imprimé.

Il correspond soit par la poste, soit par commissionnaire, soit en apportant lui-même sa lettre.

S'il n'affranchit pas, il y a gros à parier que le pli abrite des insolences anonymes. S'il apporte la lettre lui-même, le pli doit contenir des vers.

EXEMPLES :

1° Air de : *Prenez mon ours* :

« Monsieur le rédacteur,

« Oserai-je vous prier de vouloir bien jeter les yeux sur ce faible essai de ma muse... ou sur un article de fantaisie, dont le titre vous agréera, j'espère : *Guerre aux portiers !* »

C'est neuf !

2° Pas de timbre ! Ce doit être la lettre d'injures annoncée !

« Monsieur,

« Quand on a l'honneur de tenir un porte-plume, on devrait respecter le public si l'on ne se respecte pas soi-même.

« En attaquant notre grand peintre Galoubet, vous prouvez que votre feuille de chou est aussi bête que méchante.

« Si vous éreintez Galoubet, il y en a qui se chargeront de vous crosser. »

Au panier aux ordures l'ami anonyme de Galoubet.

3° Un auxiliaire de la gaieté française :

« Monsieur le journaliste,

« Votre spirituel journal ne sera pas fâché, je pense, de deux petites communications ci-incluses dont je vous serai obligé si vous voulez faire profiter le lecteur.

« Je vous envoie donc d'abord une anecdote qui est, j'ai lieu de le dire, d'un comique à faire pouffer.

« Elle est arrivée au gros Danceau qui est connu dans tout Alençon comme le loup blanc... »

Aux Incurables, celui-là !

4° Un homme zélé.

« Monsieur,

« Je crois devoir vous informer que le trottoir de la rue des Petites-Écuries, à la suite des pluies dernières, a été défoncé, et que l'autorité... »

Parler au sergent de ville.

5° Un coquin.

« Monsieur,

« Je vous adresse, pour que vous en fassiez l'usage que bon vous semblera, des révélations prouvant que M. R*** triche au jeu... »

Erreur d'adresse, voir le commissaire de police.

6° Un homme susceptible.

« Monsieur,

« Vous avez parlé hier d'un mari trompé dont le nom commence par la lettre C. Cette lettre étant mon initiale, je vous somme de déclarer... »

Trop d'esprit de *cornes*, monsieur C.

7° Des inventeurs incompris, des encouragements, des reproches, des conseils... etc.

Tant va la cruche...

Je connais des gens qui écrivent aux journaux depuis dix ans, depuis quinze ans! Ils meurent généralement dans l'impénitence finale.

A de longs intervalles, l'un d'eux a dans sa vie un jour de gloire. C'est celui où le *Passe-lacet,* journal de demoiselles, insère dans sa *petite correspondance* cette ligne avec le nom du correspondant :

— *M. X... à Paris. — Merci du renseignement. Il est faux.*

Ce jour-là l'homme qui écrit aux journaux profite généralement du prétexte de l'émotion pour devenir fou complétement.

Pourquoi ne ferait-il les choses qu'à moitié ?

XLIII

L'HOTEL DE RAMBOUILLET POUR RIRE

Cela s'appelle un centre littéraire. Ce n'est pas ma faute.

Le centre littéraire est une parodie au petit et au plat pied de l'hôtel de Rambouillet.

Le centre littéraire est installé d'ordinaire chez une baronne.

Ne saluez pas si bas. Il est d'usage dans les réclames de modes de rehausser les dithyrambes en l'honneur des couturières par une signature aristocratisée.

C'est ce qui constitue la *noblesse de robes* de nos jours.

La baronne est de cette noblesse-là.

Elle occupe un appartement exigu au troisième étage d'une maison du faubourg Saint-Germain

Une maritorne, dont la tenue n'a rien d'armorié, vient
vous ouvrir et vous introduit dans le sanctuaire.

Le sanctuaire, chambre à coucher métamorphosée en salon
avec la complicité d'une alcôve, est plongé dans une obscurité
que combat mollement la lueur d'une lampe escortée de
deux bougies.

Ce clair très-obscur laisse tout juste entrevoir une douzaine de personnes.

D'abord la baronne.

Longue, — mais désagréable. OEil envieux, toilette criarde,
coiffure rappelant avec désavantage le turban de madame de
Staël.

Puis deux autres matrones qui ont, elles aussi, reçu le
baptême de l'encre, puis encore une jeune fille à l'air ma-
lingre, cendrillon des prétentions de la matrone à qui elle
a le malheur de devoir le jour.

Dette dont l'autre la paie en persécutions.

Comme complément, des fruits secs et des fruits verts de
toutes les littératures.

La séance commence.

*
* *

Un des fruits secs, auteur dramatique privé, déclare
modérément, à propos du dernier roman à succès, que
le public se voue à l'*ignominie* en lisant de semblables
turpitudes.

Sans doute l'indulgence de cette appréciation indigne un
autre fruit sec qui bondit sur son siége et entame une phi-

lippique contre les éditeurs, les lecteurs, les imprimeurs, — quelle philippique !

Et dire, ajoute-t-il en refrain, qu'on refuse d'éditer mon *Teutbochus !*

*
* *

L'arrivée du dieu fait une heureuse diversion.

Le *dieu* est le personnage essentiel de tout centre littéraire.

Chacun a le sien — qui, à l'instar des divinités, — excommunie toute concurrence.

Quand le dieu paraît, tout le monde se lève ; quand le dieu parle, tout le monde se tait ; quand le dieu dit qu'il est enrhumé, tout le monde tousse : quand le dieu éternue, tout le monde se mouche.

Le dieu a ordinairement remporté aux jeux floraux un houblon d'aluminium et rédige une revue mort-née.

Il débite sous forme de conversation ses trois derniers articles contre la philosophie, et va, au milieu des murmures enthousiastes, s'asseoir sur le meilleur fauteuil.

Alors s'ouvrent les écluses.

Satire sur l'*Ag: de Boue*, passages du *Teutbochus*, proverbe intitulé : *Le Corset de la marquise*, tout est applaudi avec des convulsions d'admiration...

La rhubarbe embrassant le séné !

*
* *

PREMIER NOTA. — Quand vient l'heure de la retraite, le dernier partant ne trouve souvent plus de paletot à l'anti-chambre.

*\
* *

DEUXIÈME NOTA. — Pour aimer la littérature, avoir soin de ne pas la regarder à travers ce genre de littérateurs.

XLIV

UNE SÉANCE DE L'ACADÉMIE

Ne cherchez jamais la raison d'une mode. Elle est — parce qu'elle est.

La passion dont s'est éprise une partie du public pour les séances de l'Académie, — je parle de la grande, — se constate, mais ne se justifie pas.

Essayez de la nier, deux mille personnes vous répondront en briguant la faveur de s'étouffer pour un des billets que le secrétaire distribue avec une parcimonie du meilleur air.

Essayez de la motiver...

Voici ce que vous offre le dessous de votre carte d'entrée.

———

Le docte corps est réuni pour recevoir un immortel de plus.

Supposons, pour éviter tout malentendu, que ni le récipiendaire, ni son prédécesseur, ni son parrain ne font partie des quelques grands hommes qui se faufilent à travers les interstices du chiffre 40.

La supposition est plus que plausible.

La coupole d'une laideur toute correcte entend monter vers son dôme, d'ordinaire silencieux, des rumeurs inaccoutumées.

On entre.

Comme aux exécutions capitales, les femmes sont en majorité.

Bélise a donc eu de la famille?

A moins que l'empressement de ces dames ne s'explique par des motifs de haute *nouveauté*.

Sensation. MM. les académiciens prennent successivement leur place.

Les fracs brodés en soie vert-pomme trompent l'attente du public.

Ils sont généralement figurés par des paletots chocolat ou noisette. Si c'est l'hiver, des cache-nez gris les accompagnent.

Le confortable y gagne, mais la majesté y perd.

Parmi les immortels présents, les spectateurs se montrent à la lorgnette, — on lorgne, — M. Thiers, qui change de place toutes les cinq minutes, M. Guizot, qui conserve l'attitude austère prescrite par ses malheurs, M. Villemain, toujours en train d'aiguiser un bon mot, M. Dupanloup, souriant, M. Ponsard, mélancolique, M. Augier, ironique, M. Nisard, passé à l'empois.

Mais le jeune Flourens, — grâce à ses procédés de conservation, — obtient surtout un succès de beauté.

Il ne paraît plus guère avoir que dix-neuf ans et demi, et c'est, à coup sûr, l'un des plus charmants cavaliers de la génération.

Les harangues, annoncées pour deux heures, commencent régulièrement — à trois heures et quart.

Au milieu d'un silence de trappistes et dans un style dont je chercherais en vain à imiter la cadence, le récipiendaire traduit les sentiments suivants :

« Messieurs,

« En me voyant entouré de cette élite intellectuelle qui fait l'orgueil de la France et l'envie de l'étranger, je me demande avec stupeur, j'oserai dire avec effroi (1), ce qui a pu me valoir des suffrages qui, suivant la parole d'une de nos illustrations, sont *le plus beau jour de ma vie!*

« Mon embarras n'est pas moins grand, lorsque je songe que je dois célébrer dignement l'homme fameux qui m'a transmis le noble héritage de son fauteuil.

« Non pas, grand Dieu, que le sujet fasse défaut à l'apologie (2)... Mon prédécesseur n'aurait-il, à ma vénération, que le titre sacré conféré par votre choix (3), je me chargerais de trouver dans ce seul fait matière à un discours de cinq heures. (*Marques légères de frayeur dans l'auditoire.*)

« Au besoin, d'ailleurs, le panégyrique de Richelieu viendrait à mon aide et me fournirait un volume d'éloquence. (*M. Villemain se penche vers son voisin et semble lui décocher un trait.*)

(1) Le récipiendaire n'en pense pas un mot.
(2) Qui sait?
(3) A la bonne heure.

« M...... (Eugène ou Charles, car j'ai en vain consulté sur ce point la mémoire de mes amis) naquit en......

« Les détails sur sa jeunesse n'offrent pas un grand intérêt. J'ai pourtant appris, à force de recherches, qu'en 18...... il fit représenter une tragédie de......

« Pourquoi faut-il, hélas ! que le titre seul soit arrivé jusqu'à nous. (*Signes de douleur parmi les académiciens.*)

« Qu'il me soit permis d'intercaler ici une demi-heure de considérations sur cette splendide forme de l'art, dont vous gardez comme des reliques les suprêmes représentants (1).

. . . .

« Je reviens, Messieurs, à mon prédécesseur.

« Un centenaire de ma connaissance m'a confié, sous le sceau du secret, l'intitulé d'un poème qu'il faillit publier en 18......

« Le poème épique ! Ce nom éveille en moi un monde de pensées. J'ouvre en leur faveur une nouvelle parenthèse (2).

. . . .

« Qu'ajouterai-je, Messieurs ?

« Depuis que votre élection, si bien inspirée, s'adjoignit cette célébrité, M...... garda un silence que déplore la postérité. »

UNE VOIX EN TIRAILLEUR. — Bravo !

« Ma tâche était difficile, Messieurs, je la compléterai en disant que M..... vécut et mourut en homme de bien. »

L'orateur se rasseoit au milieu des bravos et s'essuie le front avec son mouchoir.

M. Villemain, pour utiliser l'interruption, enjambe une

----

(1) Passons.

.2) Les parenthèses sont parfois remplacées avantageusement par des allusions politiques:

banquette et va chuchoter un troisième bon mot à un troisième collègue.

———

Quand le calme est rétabli, le second orateur se lève à son
tour :

« Messieurs et vous, Monsieur,

« Permettez-moi de vous féliciter, au début de cette réponse,
sur la façon pleine de goût dont vous avez honoré l'un des
membres que nous regretterons à jamais.

« Vu l'heure avancée, et pour ne pas abuser des loisirs de
l'aimable assistance qui nous environne (*murmure flatteur
au banc des dames ; le jeune Flourens relève le coin gauche
de son faux col*), vu l'heure avancée, dis-je, je ne passerai
point en revue vos estimables ouvrages.

« Qui en connaît un les connaît tous (*sourires*) (1).

« C'est toujours la même distinction, le même choix d'ex-
pressions tirées au cordeau.

« Persévérez dans cette voie et abjurez quelques péchés
mignons d'originalité.

« Vous devez à l'Académie cette preuve de déférence.

« Ses conseils et ses exemples auront bientôt achevé d'étouffer en vous les germes que la jeunesse pourrait y avoir
laissés.

« En un mot, Monsieur, comme d'autres naissent poètes,

(1) Epigramme de rigueur.

vous étiez né académicien. Nous n'avons fait que ratifier les décrets de la nature ! »

———

On n'a pas le temps d'applaudir.

Les cache-nez gris et les paletots noisette lèvent le fauteuil. La foule se précipite en désordre vers les issues. Une Saint-Barthélemy de crinolines a lieu entre les portes.

Le jeune Flourens s'élance sur le pont des Arts à la poursuite d'un cachemire bleu.

L'horloge sonne six heures.

———

Oh ! si je me connaissais ce goût-là !

XLV

SAUVONS LES ARTS

Ils se plaignaient, les artistes :

— On nous délaisse, on nous oublie. Nos tableaux moisissent à l'atelier, nos sculptures s'écaillent sous le hangar... que faire d'un Salon à l'autre? Comment attirer le public indifférent? Comment révéler au monde les chefs-d'œuvre inconnus? En vérité il y a péril en la demeure.

Sauvons les arts !

— Sauvez les arts, a répliqué héroïquement le public.

Et, — à son corps défendant, — comme un poltron qui a peur de l'eau et s'y plonge tout d'un coup, le public a sauté dans l'Océan à couleurs pour opérer le sauvetage.

Tout est devenu artistique.

Cercles artistiques, conférences artistiques, loteries artistiques, lectures artistiques, expositions artistiques.

Expositions surtout...

Dès qu'un spéculateur est parvenu à réunir six tableaux, quels que soient leur siècle, leur mérite, leur taille, il vous ouvre une exposition privée.

Expositions de l'œuvre du fameux Galoubet, du grand Cha-
boulot ! Expositions-renaissance, expositions-Louis XV, exposi-
tions-Empire... un cours d'histoire de France à l'huile.

Eh bien ! savez-vous, dignes sauveteurs ?

Les arts mouraient de famine.

Vous les ferez mourir d'indigestion.

Suivez bien, en effet, mon raisonnement :

Du moment où...

Ma foi, je n'ai pas le temps.

XLVI

L'OUVERTURE D'UN SALON

PERSONNAGES : Monsieur et madame Tout-le-monde.

ACTE I.

(Devant la porte.)

JEAN QUI PLEURE, artiste refusé. — On n'ouvrira donc pas aujourd'hui? Comme si ce n'était pas assez d'exclure le vrai talent sans lui faire faire antichambre. Les arts sont bien à plaindre à notre époque!

JEAN QUI RIT, artiste reçu. — Le cœur me bat. Tous mes envois admis. Quel début! Il me tarde de voir l'effet que produira ma grande toile. On a beau dire, le jury est un véritable père pour les artistes.

UN BOURGEOIS, à sa femme. — Il faut toujours que tu bougonnes.

LA BOURGEOISE. — Réveiller toute la maison à six heures du matin pour être ensuite obligé d'attendre,

Le bourgeois.— Ma juste impatience n'a rien que d'honorable. Elle prouve deux choses : premièrement la sympathie que je suis fier de professer pour les hommes qui consacrent leur vie à embellir la nôtre par le pinceau; secondement, le légitime désir que j'ai de contempler le portrait dans lequel...

La bourgeoise. — Taisez-vous ! On n'entend que vous.

Jean qui pleure. — Elle doit être jolie, leur exposition. La routine et la faveur; des invalides et des protégés !

Jean qui rit. — Sur mes quatre tableaux, j'en vendrai au moins deux... Pourquoi ne les vendrais-je pas tous? Ce premier argent me permet de soigner une grande œuvre. J'obtiens une médaille. J'aborde les sujets religieux. Le gouvernement me donne une commande.

Jean qui pleure. — Qu'ils en campent un *Roland le Furieux* comme le mien, les bonshommes de l'Institut.

Jean qui rit. — Trois ans après, je suis décoré.

Un vieil amateur, à son voisin. — Oui, monsieur, en 1812 c'était la belle période. Il m'en souvient comme d'hier. Quel Salon !... J'y ai perdu un parapluie tout neuf; je l'avais déposé au vestiaire, et mon numéro... Le pur goût de l'antique n'avait point alors été altéré par de sinnovations désastreuses... Je me rappelle même qu'il avait un manche en ivoire, non, en corne... Je dis bien, en ivoire.

Le bourgeois. — Prends garde à tes poches, Virginie.

Jean qui pleure. — Enfin, on se décide à admettre le pauvre monde. Quand je pense qu'il me faut donner vingt sous pour contempler les croûtes de ces messieurs.

Jean qui rit. — Une fois décoré, je ne touche pas la palette à moins de vingt mille francs.

UN GARDIEN. — Votre permission?

JEAN QUI RIT, passant fièrement. — Carte d'exposant!

LE VIEIL AMATEUR. — Encore des tourniquets!... En 1821, ils n'étaient pas inventés, et les expositions ne s'en portaient pas plus mal... Monsieur, après vous... Puisque vous l'exigez... Je vous disais donc que le manche était en corne...

ACTE II.

(A l'intérieur.)

CHŒUR D'ARTISTES. — C'est affreux, scandaleux! On l'a fait exprès! Mon tableau est beaucoup trop haut. Le mien beaucoup trop bas. Ma statue a trop de jour. Mon paysage n'en a pas assez.

CHŒUR D'AMIS. — Pauvre garçon! Il n'a point été heureux cette année. Encore un homme à la mer!

LE BOURGEOIS. — Ma parole, Virginie, c'est frappant. Si j'y avais pensé, j'aurais amené notre bonne. Je parie qu'elle t'aurait reconnue.

LA BOURGEOISE.— On ne m'en a pas moins accrochée dans un coin.

LE BOURGEOIS. — Jusqu'à ces plis sous l'œil.

LA BOURGEOISE. — Dites-moi tout de suite que je suis ridée.

LE BOURGEOIS. — Et ton nom, notre nom imprimé dans le livret.

LA BOURGEOISE. — Avec une faute d'orthographe.

UN MÉCÈNE, très-haut. — Oui, mon ami, j'ai acheté ce

paysage;—·une folie ! huit—mille—cinq—cents francs payés
d'avance.

LE VIEIL AMATEUR.—Monsieur, je vous le réitère, en 1821 on
vous faisait des paysages unis comme un miroir. A présent,
c'est plein de bosses, c'est malpropre.

JEAN QUI PLEURE.— Est-ce assez hideux, tous ces tableaux !

JEAN QUI RIT. — Décidément, l'exposition est très-remar-
quable.

JEAN QUI PLEURE. — Des divans rembourrés avec des clous.

JEAN QUI RIT. — Partout des siéges moelleux.

JEAN QUI PLEURE. — On est suffoqué.

JEAN QUI RIT. — Une ventilation habilement ménagée.

JEAN QUI PLEURE. — Jusqu'à la bière du buffet qui sent
l'aigre.

JEAN QUI RIT. — Les rafraîchissements eux-mêmes sont de
premier choix.

JEAN QUI PLEURE.— Et un public d'un commun !... O mon
Roland ! bénissons le ciel de ne pas nous être fourvoyés dans
cette bagarre.

JEAN QUI RIT. — Des femmes charmantes !... Oh ! j'en aperçois deux qui stationnent devant mon paysage.

UN SOLDAT, à un collègue. — Pour lors que nous étions
à gauche où il y a du blanc et du jaune pour *dissimuler* la
fumée du canon. Nous avançons sur la droite où il y a du
vert qui représente un petit bois.

LE BOURGEOIS. — Virginie, ce tableau militaire me paraît
admirable, quoique j'en ignore le sujet.

LA BOURGEOISE. — Il a fallu que vous perdissiez votre livret.
Demandez à quelqu'un.

Le bourgeois. — Monsieur, pourriez-vous me dire quelle est cette toile? — 2324.

Le vieil amateur. — 2304... Bataille des Cimbres contre les Teutons. En 1821, l'école de David vous aurait traité ce tableau-là de main de maître.

Le bourgeois. — Merci, monsieur... C'est singulier. Je ne savais pas que les Cimbres portassent le pantalon rouge.

Le mécène, de plus en plus haut. — Vous allez bien, chère baronne?... Excusez-moi, je ne vous avais pas vue. J'étais absorbé dans la contemplation de cet *intérieur* que j'ai envie d'acquérir. Que voulez-vous? on protége les arts, et cette bonne action va me coûter encore deux ou trois mille écus.

Le bourgeois. — Virginie, je t'en conjure, regarde-moi ces asperges. Voilà un ouvrage comme je les aime! On dirait qu'on va les toucher.

Le vieil amateur. — Les fruits! En 1821, monsieur, il y avait un nommé... Aidez-moi donc... un nommé...

ACTE III.

(A la sortie.)

Le bourgeois. — C'est bien joli, une exposition, mais c'est bien fatigant. Si nous prenions l'omnibus?

La bourgeoise. — Il ne vous suffit pas d'avoir gaspillé deux francs pour aller poser devant des morceaux de toile peinte...

Jean qui pleure. — Eh bien! ils me paieraient pour leur apporter mon *Roland* que je ne le commettrais pas en pareille compagnie.

JEAN QUI RIT. — Pas un acquéreur jusqu'ici, — et je dois trois termes.

LE MÉCÈNE. — J'ai payé mes deux tableaux huit cents francs; dans dix ans, je les revendrai douze mille... C'est ce que j'appelle pratiquer les arts avec intelligence !

LE VIEIL AMATEUR. — Monsieur, à vous rendre mes devoirs. Enchanté d'avoir fait votre connaissance. Croyez-moi, on a bien dégénéré depuis 1821... Mais, tout bien considéré, le manche devait être en ivoire !

XLVII

LA VENGEANCE DU SOLEIL

· — Monsieur, me dit l'astronome, un Babinet ignoré et réduit à montrer pour dix centimes, sur le Pont-Neuf, les astres à ses concitoyens ; Monsieur, cela finira mal.

— Quoi donc ?

— Vous venez d'observer le soleil ?

— Oui, certainement.

— N'avez-vous pas été frappé par la vue des taches nombreuses et sans cesse grandissantes qui déshonorent ce corps céleste ?

— En effet, j'ai remarqué quelques macules.

— Dont vous ignorez la cause.

— Il est vrai.

— Comme ils l'ignorent tous, les soi-disant savants de l'Observatoire. De drôles de savants ; s'ils vivaient comme moi dans le commerce intime des esprits...

— Ah ! vous vous occupez de tables tournantes ?

— Mieux que cela ; le *spiritisme* n'a plus de secrets pour moi. Aussi j'en ai recueilli des révélations !

— Entre autres celles relatives à l'origine des taches en question ! fis-je un peu gouailleur.

— Oui, monsieur, oui, relatives à l'origine des taches en question ; de ces taches qui vont sans cesse s'agrandissant avec une rapidité...

— Et serait-il indiscret de vous demander ?...

— Dire que tout le monde passe à côté du matin au soir et que personne ne l'a deviné, ce motif.

— Vous piquez ma curiosité.

— Voilà la chose :

Le soleil, monsieur, a son amour-propre comme quiconque ; c'est son droit, n'est-ce pas ? On a beau être un astre, on tient à la considération, — et le soleil se voit déshonoré !

— Par qui donc ?

— Parbleu ! par la photographie. Croyez-vous que cela soit gai pour lui de passer pour le complice de toutes les difformités que cette invention maudite étale au coin des carrefours ? Croyez-vous qu'il ne se révolte pas quand on contraint ses rayons à collaborer aux forfaits de la « ressemblance garantie ? »

Le soleil servant de joujou aux Parisiens ! Le soleil obligé de travailler pour fournir de myosotis sur plaque les amours du commis et les passions de la demoiselle de boutique !

Le soleil forcé de graver pour la postérité les laideurs et les ridicules qu'il était déjà assez malheureux d'éclairer. Mais patience ! encore quelques siècles, et le soleil sera vengé.

— Vengé... que signifie ?

— Tenez, monsieur, vous m'avez l'air d'un brave homme, et vous ne me riez pas au nez comme tant d'autres quand je vous entretiens de mes secrètes recherches. Pour vous remercier de votre bienveillance, permettez-moi de vous offrir une copie d'une prédiction que m'a dictée un de mes esprits familiers.

— Quel rapport y a-t-il entre le soleil, la photographie et ce papier?

— Vous le saurez... Je n'ai pas le temps de vous en dire davantage. Voici un Anglais qui désire observer l'anneau de Saturne... Emportez et lisez.

J'ai emporté et j'ai lu :

XLVIII

UNE PRÉDICTION PHOTOGRAPHIQUE

Et le collodion montait toujours.

I

En ce temps-là, — vers l'an 2000, — le recensement trien-
nal de la population parisienne donne un chiffre de 6,997,323
habitants, sur lesquels 3,975,000 exercent la profession de
photographes.

L'autorité, justement émue, convoque d'urgence un congrès de statisticiens pour aviser au double danger signalé par
ces chiffres imprévus — qu'on aurait dû prévoir.

Les délibérations du congrès durent un mois et demi;
quatre cent douze discours sont prononcés, ce qui, — vu la
longueur des harangues, — nécessite plusieurs séances de nuit.

Un quatre cent treizième orateur demande la parole. Le
président, se rappelant que l'autorité attend, déclare la dis-
cussion close.

Un an après, un volumineux rapport est déposé par ledit

président à la préfecture de la Seine. Les conclusions de ce
rapport, développées en plusieurs volumes, se résument en
ces deux propositions lumineuses :

1° « Si la population de Paris s'accroît dans des proportions
qui menacent l'existence du reste de la France, la faute en est
à l'extension abusive qu'a prise la photographie ;

2° « Si la photographie a pris une extension abusive, la
faute en est à l'accroissement formidable qui grossit de jour
en jour la population parisienne. »

Puis les choses reprennent leur cours accoutumé, et les
photographes gagnent un million et demi à débiter les portraits-cartes des membres du fameux congrès.

II

En ce temps-là, — vers l'an 2050, — la population de Paris s'élève à 12,953,000 habitants, le nombre des photographes
à 8,650,911.

Un nouveau congrès de statistique, renforcé d'un congrès
d'économie politique, est convoqué et présente des considérations écrasantes de bon sens sur l'abandon des campagnes et
des provinces :

« La désastreuse immigration qui entraîne vers la capitale
toutes les convoitises, — est-il dit dans ces considérations, —
n'a qu'une cause : la photographie.

« Les immenses fortunes réalisées par tous ceux qui s'a-
donnent à cet art, tentent incessamment les autres classes
sociales.

« Tous les travailleurs quittent la charrue et viennent apprendre en quelques jours la profession qui leur promet la richesse.

« Puisse notre cri de détresse être entendu et éveiller l'attention des hommes compétents. »

Le cri de détresse est entendu : en lisant les affiches que l'autorité s'est empressée de faire placarder pour communiquer à tous les Français l'argumentation de la statistique doublée d'économie politique, chacun se dit :

— Pour qu'un congrès constate officiellement les bénéfices réalisés par la photographie, il faut que ces bénéfices soient vraiment incroyables.

Si je me faisais photographe !...

III

En ce temps-là, — vers l'an 2100, — la ville de Paris offre le plus étrange des coups d'œil.

Au-dessus de l'entrée de chaque maison s'étalent des écriteaux ainsi conçus :

M. PALIBON, PHOTOGRAPHE

AU PREMIER

(La porte à droite, ne pas confondre avec la porte à gauche)

MADAME JEANNISSON, PHOTOGRAPHE

AU PREMIER

(La porte à gauche, ne pas confondre avec la porte à droite)

Mlle HERMINIE GRANDVOISIN, PHOTOGRAPHE

AU SECOND, AU FOND DU CORRIDOR

Ne pas confondre avec les établissements du premier

M. LEGUILLARD, PHOTOGRAPHE

Ne pas confondre les établissements du premier et du second. M. Leguillard
est au troisième. — Il y a un pied de biche au cordon de sonnette)

La nomenclature continue jusqu'au sixième où est installée,
ainsi que l'annonce un écriteau placé sur le toit :

LA PHOTOGRAPHIE DU PEUPLE
DIX CENTIMES — SANS RETOUCHES.

Dans les boutiques, des débits d'épreuves photographiques
depuis la *Vue de Naples* jusqu'aux *principales scènes de la
pièce en vogue.*

Sur la façade des maisons, des étages superposés de cadres
dont les proportions grandissent à mesure qu'ils s'éloignent
de terre.

Dans les journaux six colonnes consacrées aux découvertes
et applications nouvelles de la photographie.

L'*annonce photographique.* — Offrant aux regards du public les traits de la clientèle complète d'un entrepreneur
de mariages et les échantillons d'un magasin de nouveautés.

Le *roman photographique.* — Substituant au texte des anciens feuilletonistes les scènes photographiées de la vie de
l'héroïne.

La *correspondance photographique.* — Remplaçant les
lettres de l'ancien temps par une épreuve où la pensée de
l'expéditeur est traduite dans sa physionomie et dans son
attitude.

Dans les rues, des voitures à bras, — les ci-devant voitures des marchands des quatre saisons, — colportant, au lieu de fruits et de légumes, des objectifs, du collodion, du papier albuminé.....

A ce tableau significatif s'ajoutent des indices de la plus haute gravité.

Pour la première fois depuis l'existence du monde, des plaideurs n'ont pu trouver d'avocat ; — trois malades ont succombé sans voir dix médecins se disputer leur pratique ; — huit places de surnuméraires sont restées sans candidats dans un ministère ; — enfin les cartons des directeurs de théâtres n'ont reçu dans le mois de janvier que cent onze manuscrits de débutants littéraires.

Et pourtant la population de Paris a atteint le chiffre monstrueux de 29,340,000 habitants !

Des départements entiers ne sont plus habités que par leurs gardes champêtres.

L'autorité, plus inquiète que jamais, se décide à couper le mal par la racine et à proscrire le métier de photographe, source de l'épuisement général.

IV

En ce temps-là, — vers l'an 2150, — la France entière a élu domicile à Paris, dont les barrières se trouvent reculées de force jusqu'à Rouen d'un côté, jusqu'à Orléans de l'autre.

La photographie proscrite a trouvé dans la proscription même un redoublement de popularité.

Un soulèvement général des photographes, — les huit

dixièmes de la population,— étant imminent, l'ordonnance n'a pas tardé à être rapportée.

La maladie dès lors ne connaît plus de bornes.

Un matin, — le 1er avril, — la France, en se réveillant dans Paris, veut vaquer à ses achats habituels.

Depuis l'invasion dernière de la photographie, il ne reste plus pour alimenter ces trente-six millions de photographes qu'une boucherie et une boulangerie.

Les trente-six millions, poussés par la faim, viennent assiéger les portes. Elles sont fermées !

Les trente-six millions, répandus sur une longueur de cent onze kilomètres, se regardent surpris.

Des murmures éclatent, ils se changent en vociférations ; les plus rapprochés de la boucherie et de la boulangerie, enfonçant les clôtures, trouvent le boucher et le boulanger occupés, avec leur famille, à préparer deux enseignes sur lesquelles se détachent en lettres gigantesques les mots :

PHOTOGRAPHIE DU XXIIe SIÈCLE !

Eux aussi !

Alors ce sont des gémissements, des imprécations :

— Pourquoi n'êtes-vous pas resté bonnetier comme votre père ?

— Pourquoi, vous, avez-vous renoncé aux denrées coloniales ?

— Aviez-vous besoin de déserter la fruiterie ?

— Et vous, le notariat ?

— Et vous, le barreau ?

— Et vous, l herboristerie ?

Il est trop tard. Pendant ce temps-là, la famine marche à grands pas.

Il est trop tard !

V

Le matin du troisième jour d'avril 2150, Paris présente un effroyable spectacle.

Sur les places, dans les rues, hommes, femmes, enfants, tous morts de faim !

Soudain, sur les buttes Montmartre deux personnages mystérieux paraissent. — Chacun tient à la main un objectif.

— Magnifique sujet de photographie à vendre à l'étranger ! murmurent-ils d'une voix défaillante.

Mais, tandis qu'ils apprêtent leurs instruments, ils s'aperçoivent de leur présence réciproque.

Un éclair de colère passe dans les yeux des deux concurrents ; ils font un pas l'un vers l'autre, puis...tombent épuisés par ce suprême effort.

La photographie a immolé les deux derniers Français ! . . .

. . . .

Ainsi périra Paris.

Puisse son exemple servir de leçon aux nations et aux photographes !

*
* *

Cette lecture achevée, j'ai fourré la prédiction dans un tiroir — et suis allé me commander deux douzaines de portraits-cartes.

XLIX

LES EXCENTRIQUES DU PLAISIR

On en ferait un bien beau régiment, de ces excentri-
ques-là.

Ce qu'ils vont imaginer pour tuer le temps — qui prend
si bien sa revanche ; ce qu'ils raffinent de distractions étran-
ges, bizarres, impossibles, maniaques, c'est incroyable !

Il y en a qui, comme mon astronome de plein air, cultivent
le plaisir surnaturel et travaillent dans le fluide.

Il y en a qui placent tout leur amour-propre dans le faux
pli de leur redingote ou la coupe de leur manchette.

Il y en a qui se consacrent à la protection des caniches mé-
connus et des matous opprimés, — comme si les animaux
formaient des « sociétés protectrices de l'homme, » pour empêcher les chiens de mordre, les chevaux de ruer, les lions
de croquer, les vaches de se débiter en roastbeef, etc., etc., etc.

Il y en a qui, sous prétexte que la pomme de terre est le
plus savoureux des tubercules, emploient leur temps et leur
fortune à essayer de persuader à leurs concitoyens qu'ils

feraient bien de remplacer la pomme de terre par un fari-
neux indigeste mais exotique. — On les nomme des accli-
mateurs.

Il y en a qui usent leurs yeux et leurs journées à contempler des bocaux dans lesquels, — comme sœur Anne, — ils
ne voient rien venir. On les appelle des pisciculteurs.

Il y en a tant, — qu'il faut renoncer au dénombrement.

Mais deux types surtout méritent sur le catalogue une mention spéciale.

Ce sont: le pêcheur à la.ligne et le collectionneur. L'un
courant après un goujon et l'autre après un trésor également hypothétiques.

L

LA BALLADE DU PÊCHEUR A LA LIGNE

*
*

Un beau dimanche, ma foi !

Les Champs-Elysées balancent gaillardement, au léger souffle d'un petit vent du Nord, les panaches de leurs vieux arbres ; les arches du pont voisin se régalent de rayons ; la Seine miroite avec des coquetteries de fête.

Sur l'eau glissent, avec accompagnement de refrains, les canots en goguettes; sur les quais cheminent, par deux longues files, les Parisiens en toilette.

Allez ! panachez-vous, endimanchez-vous !

Entassez-vous sur les banquettes des omnibus. Faites chère lie de vins frelatés, de gaietés douteuses. Partez, pimpants et fiers de la robe de mousseline, du pantalon blanc, du gousset bien garni.

Le soir vous reviendrez avec la poussière en plus et les
écus en moins.

Vous mettez votre orgueil à vous chamarrer ; moi le chapeau de paille et la blouse sans préjugé, voilà ma façon de
sacrifier aux Grâces.

Vous courez après la distraction ; moi je l'attends tranquillement. Vous payez à beaux deniers comptants l'oubli de
quelques heures ; avec deux poignées de blé, j'ai du plaisir
pour une semaine.

Partez et amusez-vous à votre goût !

Moi, je pêche à la ligne !

*
* *

Attention ! Le bateau à vapeur de Saint-Cloud qui passe !

Il fléchit sous le faix de son équipage bourgeois en parodie
de voyage au long cours.

Jeunes mariés au premier quartier de la lune de miel,
amis en frais de sympathies éphémères, indifférents rapprochés par un projet fortuit, se mêlent à bord de cette frégate
de Lilliput.

Quoiqu'ils viennent de troubler mon eau, Dieu me garde
de troubler leur satisfaction. Je garde mes commentaires,
qu'ils gardent leurs croyances.

L'amour ! l'amitié ! mots superbes !

A vingt ans, j'en ai rencontré des amis — pour 30,000 fr.
de ma poche ; je n'en rencontrerais pas à cette heure pour
cent sous de la leur.

Pour l'amour!.. j'ai failli me marier trois fois, et les trois fois... Oh ! oh ! fameux début ! un goujon ! un véritable goujon !

Non, c'est une simple ablette ! Fiez-vous aux apparences. On ne sait jamais ce qu'on prend que lorsqu'on le tient dans son sac.

Absolument la réflexion qui m'a arrêté au moment de faire publier mes bans. J'ai eu raison.

Je ne gêne personne, personne ne me gêne. J'ai juste de quoi vivre, parce que je vis avec ce que j'ai. Mon indépendance compense ma solitude. L'absence d'ingrats me console de l'absence d'amis.

Quand je m'ennuie — eh bien, je pêche à la ligne.

Oui, monsieur, vous avez beau vous accouder sur le parapet pour me regarder d'un air ironique, j'ai le courage de mes opinions.

Je les connaissais avant vous les plaisanteries séculaires que sans doute à ma vue vous ricanez tout bas.

Si je vous parais grotesque à ce point, soit, cher badaud, — nous sommes quittes.

Ce que je fais, ne le faites-vous pas tous en la bonne ville de Paris?

Que de pêcheurs, mon digne monsieur, que de pêcheurs !

Vous vous moquez de moi parce que je perds une journée à la conquête d'une friture. Il en est qui perdent des centaines de journées, et la friture ne vient pas.

Celui-là, par exemple, qui poursuit la gloire littéraire, un poisson d'avril. Il a pourtant amorcé par tous les moyens.

Manuscrits chez tous les libraires.

Ça ne mord pas !

Libre à lui de préférer son sort au mien.

Moi, j'en ris, mon bon monsieur, — et je pêche à la ligne !

**

Celui-ci, pêcheur suspect, ne pêche qu'en eau trouble... que lui importent les éclaboussures ?

L'argent n'a pas d'odeur, a dit un ancien qui méritait bien d'être un moderne.

Il ne procède que par grands coups de filet.

Pour amorcer, il jette dans le filet tout, — ou rien, suivant les circonstances. Chose singulière ! C'est souvent quand il n'y a rien que le poisson arrive le plus.

Mais le filet, si bien tressé qu'il soit, peut laisser échapper une maille ; — précisément parce qu'il était trop chargé.

Et puis l'honneur est un manche si fragile !

Un craquement, un bouillonnement, c'est fini. Bienheureux ceux qui ne laissent pas tomber à l'eau le manche avec le reste !

Pêche aux grelots de la réclame, pêche aux balances des marchands à faux poids, pêches de n'importe quelle façon quand la cupidité en a préparé l'hameçon, ne me font guère envie, je vous jure.

Je n'aime pas le poisson qui sent la vase, moi !

Et je pêche à la ligne !

*
* *

Ce troisième pêche à l'ambition !

Des révérences ne semblent pas des hameçons ruineux.

Mais à la longue !... Si au moins la nuit on se reposait. Que nenni ! La pêche à l'ambition tient son monde en éveil.

— Pêcheur diligent, pars avant l'aurore, — et salue plus bas.

Etonnez-vous, après cela, qu'il y ait de nos jours tant de maladies de la moelle épinière.

C'est peut-être une faiblesse, — je tiens à conserver mon épine dorsale aussi droite que l'âge voudra bien le permettre.

Et je pêche à la ligne !

*
* *

Tout en philosophant, je n'avance guère mon souper, changeons de place. Là, tout à côté du pont, nous serons mieux.

Qu'est-ce que j'aperçois là-bas? Ou je n'ai jamais piqué un barbillon de ma vie, ou voici un pauvre diable qui fait à la rivière des yeux de dénoûment, — plongeon final.

Son costume indique assez le motif qui ne le retiendra pas au rivage.

Entre la mort par la faim et la mort par... Il se recule. Dieu soit loué !

Il aura regardé dans ses souvenirs un débris d'affection ou dans l'avenir une épave d'espérance.

Je me trompais. Il se rapproche. Il se penche...

Je n'ai pourtant pas le temps de monter avant qu'il descende. Il prend le plus court. Hé ! l'ami !...

J'en étais sûr... A l'eau !

Et il se figure que je vais l'y laisser pour qu'il effarouche mes carpes. Allons, madame ma ligne, tenez-vous là, je reviens tout de suite. . . . .

Sapristi ! mon gaillard, vous êtes lourd. Par bonheur, on sait nager un peu. Pas même évanoui ! Il a la respiration longue.

Comment! mon brave homme ! — car vous avez l'air d'un brave homme, — vous noyer! un dimanche!

Rentrez chez vous, séchez-vous, dînez et dormez. Vous dites que vous n'avez pas... Mauvais plaisant, et ces vingt francs que je viens de trouver dans votre poche.

Ils ne sont pas à vous?. . Ils sont peut-être à moi ! Serrez bien vite cela et allez-vous-en. La foule s'amasse.

Quand je vous répète que ces vingt francs étaient dans votre poche. . Vous tenez à me remercier ?... Demain, nous en recauserons en mangeant la friture que vous m'empêchez de prendre. Voici mon adresse. Mais partez donc ! Tous ces curieux vont me déranger.

Qu'y a-t-il encore ? que réclamez-vous de moi, estimable sergent de ville ?

Vous m'offrez la prime. Vous demandez mon nom pour le faire insérer dans les journaux ? Mon dévouement par ci, mon héroïsme par là !

Je ne sais pas ce que vous me voulez, moi. — Je pêche à la ligne !

*
* *

Diable! diable! Il me semble que le soleil décline à grande vitesse, je ne vois plus mon flotteur. Aussi bien, le bain m'a légèrement refroidi. Plions bagage.

Je sens tout de même que je vieillis. La vue baisse. Chacun son tour. Le pêcheur sera pêché.

Bast! en attendant rentrons nous égoutter un brin. Je n'ai qu'une ablette, mais jamais je ne me suis senti plus content.

C'est comme cela, mes camarades! qui revenez en chantant à gorge déployée.

J'ignore l'emploi que vous avez fait de votre journée, mais franchement je ne regrette pas la mienne, — quoique j'aie pêché à la ligne!

LI

LE COLLECTIONNEUR

— Mon fils, disait un marchand de vins à son fils dont la
mort allait le séparer, souviens-toi qu'on peut faire du vin
avec tout, — même avec du raisin.

Souvenez-vous qu'à Paris, on peut faire des collections avec
tout, — même avec de belles choses, — quoique ce cas soit
rare...

Depuis que la manie des collections s'est implantée dans
nos mœurs, on collectionne indistinctement les dessins et les
vieux sous, les objets d'art et les boutons de guêtres, les tim-
bres-poste et les bouchons de bouteille.

Il y a des gens qui collectionnent — jusqu'à des soufflets !

Malheur à vous, si un de ces toqués met la main sur vous !

Il vous montrera, avec des commentaires plus longs que
ceux de César, un goulot de carafe cassé qu'il vous soutiendra
avoir appartenu à une parure de Cléopâtre ou un busc de corset qu'il vous donnera pour un instrument de supplice chez
les Huns.

Nota — Dans ce dernier cas, il ne se trompera que de peuple.

Mais hélas ! tous ces monomanes sont-ils bien des collectionneurs ?

Pas plus que ces spéculateurs qui achètent, — pour revendre. Revendre ! Convertir en boutique l'art saint de la collection ! Mânes du *cousin Pons*, l'entendez-vous !

Excellent cousin Pons ! collectionneur de race ! on te chercherait en vain sur les quais furetant dans la case du bouquin à cinq centimes pour y découvrir l'Elzévir rebelle, ou hantant les repaires du bric-à-brac pour y dépister la rareté archéologique.

Comme ton cœur battait ! Le tic-tac de l'amant qui lance son premier brûlot...

Un Sèvres de la fondation : un battement !... un Palissy du temps : un roulement !... un Benvenuto : oh ! alors c'était la générale que battait le cœur épanoui.

Excellent cousin Pons ! ceci est ton oraison funèbre.

Le collectionneur a été dévoré par le brocanteur, — et sur le lieu du combat le vainqueur a fait construire l'hôtel des Ventes !

Le lâche.

LII

L'HOTEL DES VENTES

Je pourrais vous désigner cet édifice en vous disant que c'est sans conteste le plus laid de tout Paris.

Et Dieu sait s'il y a de la concurrence !

J'ajouterai cependant pour ceux dont le sens architectural manque de développement que ledit hôtel est situé rue Rossini.

Un marchand de bric-à-brac en est le pôle nord, un marchand de vins le pôle sud.

C'est sur eux que gravite le personnel intime.

L'hôtel des Ventes a en outre une annexe, située dans la rue des Bons-Enfants et qui porte le nom de salle Sylvestre. A cette salle appartiennent les occasions littéraires, telles que livres, parchemins, autographes.

On s'y dispute des *editio princeps* qu'on n'ouvrira jamais,

on y achète cinq sous deux pages d'un poète et vingt francs
une ligne d'un assassin illustre ; on y...

Mais revenons à l'hôtel des Ventes.

Le monument aux gracieuses proportions duquel nous nous
sommes plu à rendre justice est tapissé du trottoir à la gouttière d'affiches bleues, vertes, rouges ; — un arc-en-ciel au-
vergnat.

Ce sont des affiches sur lesquelles on annonce à l'avance les
ventes de la semaine.

Munissez-vous d'un flacon !

*
* *

La population de l'hôtel forme le plus inattendu salmi-
gondis.

Le revendeur, juif de naissance et de tempérament, y cou-
doie l'homme du monde. La marchande à la toilette y frôle la
femme à la mode ou l'artiste. La blouse y fraternise avec le
paletot ; la toile avec la moire.

Souvent on y rencontre ce qu'en style de journal on appelle des célébrités.

Le chroniqueur est, lui aussi, un des visiteurs de l'hôtel
Drouot; les jours surtout où quelque mobilier du demi-
monde, quelque vente de tableaux allèchent sa curiosité en
quête de *copie*.

*
* *

Saluons maintenant le maître de la maison , — *alias* le
commissaire-priseur.

Le commissaire-priseur est l'exécuteur des arrêts rendus par l'huissier. Le contre-coup de son marteau retentit douloureusement au cœur du pauvre diable exproprié par *autorité de justice*.

Fait également les ventes *volontaires après décès* et généralement tout ce qui concerne son état.

Brave homme au demeurant, galant pour les dames qu'il fait placer, dans les grandes représentations, sur des chaises, — j'allais dire des stalles — réservées, il domine ses sujets moitié par la douceur, moitié par l'énergie.

Le commissaire-priseur prend généralement du tabac;— cela suffit pour justifier son nom aux yeux des brocanteuses qui, en fait d'étymologie, ne voient pas plus loin que le bout de son nez.

Au frottement perpétuel de tant d'objets divers, il a acquis une grande expérience et vous toise d'un regard la valeur d'un défunt et le prix d'une commode.

À ses côtés son infatigable second : le crieur.

Le crieur est l'homme de France qui consomme le plus de paroles, — sans en excepter les femmes.

Sa voix peut mourir à la peine, — elle ne se rend pas et continue à croasser des sons inarticulés qui veulent dire :

— À quarante-cinq, le secrétaire Louis XVI. À trente le Raphaël, première manière... Mais vous ne voyez donc pas ce que vous achetez... À soixante le Rubens, seconde manière...

— As-tu fini tes manières! répond un loustic de l'assemblée.

Le crieur ne sourcille pas.

C'est un général d'armée sur le terrain !

Clignant de l'œil aux malins, décochant un geste à droite, un signe d'encouragement à gauche, saisissant au vol une oscillation de paupière, un remuement de tête, faisant face à tout, ripostant à tout, — et criant par dessus tout !

*
* *

On ferait un fort volume, très-ennuyeux, avec toutes les rubriques mises en pratique par les madrés de ces parages.

Matelas rembourrés avec des copeaux, fauteuils où les vers ont établi leur Sainte-Périne, horloge sonnant midi neuf fois par jour, friperies et duperies en gros et en détail !

Duperies qui ont un air de bonhomie scélérate, friperies qui de loin jouent leur comédie de façon à crocheter les porte-monnaie naïfs !

Et la ligue des *repiqueurs !* cette fameuse ligue du mal public qui veut à tout prix barrer la route au bourgeois !

Et les connivences qui font escalader au novice les sommets de la roche Tarpéienne pour qu'ensuite il retombe seul... avec son *adjugé !*

Lecteurs que je me plais à croire candides, allez à l'hôtel des Ventes pour vous instruire, mais achetez-y rarement, — et faites-vous-y vendre plus rarement encore.

Amen !

LIII

LES PLAISIRS LUGUBRES

Les extrêmes se touchent, — surtout à Paris, la ville des contrastes.

Le *Jour des morts*, des marchands de gaufres installent à la porte des cimetières leur commerce gastronomique à côté des débits d'anges gardiens.

On crie : *Qu'abat la quille à Mayeux* d'un côté de la rue, et de l'autre les couronnes de *veuve inconsolable*.

> ..... Les cabarets sont prêts à recevoir
> Les hôtes amenés par un pieux devoir;
> Sur des tréteaux boiteux les marchands de tristesse
> Disposent leurs regrets à quinze sous la pièce.
> Dans les cafés, épars le long du noir chemin,
> Les garçons, souriants et serviette à la main,
> Attendent le signal des douleurs altérées.
> Toutes choses, enfin, sont partout préparées
> Pour que le désespoir puisse se divertir.

. . . .

C'est vous dire la haute estime en laquelle notre belle capitale tient les plaisirs lugubres.

L'amateur de plaisirs lugubres a par ma foi les journées les mieux occupées du monde.

C'est lui qui dès l'aurore assiége les portes de la cour d'assises, quand on doit juger un *beau crime*; lui qui, en guise d'absinthe, s'ouvre l'appétit avec une visite à la Morgue; lui enfin qui compte les incendies pour des solennités et marque d'un caillou blanc les matinées d'exécutions capitales.

— Ah! monsieur, soupire-t-il parfois, parlez-moi du temps où l'on exposait... c'était cela qui vous animait le quartier du Palais-de-Justice... les boutiquiers y ont joliment perdu.

Et la marque donc!... Au dernier que j'ai vu marquer, en 18... nous étions avec des amis... quelle noce!...

L'amateur de plaisirs lugubres, chaque fois qu'il passe sur la place Vendôme, lève la tête dans l'espérance qu'un homme de bonne volonté flattera ses goûts en descendant de la colonne la tête la première.

A déjeuné avec le valet du bourreau qui, — il le raconte, — lui a chanté au dessert une romance sentimentale.

A des protections à la Morgue pour voir déshabiller les corps.

Est en instance pour obtenir ses petites entrées à Bicêtre!...

A certaines dates, l'amateur de plaisirs lugubres s'appelle tout Paris; par exemple les lendemains d'émeute, quand les murs tachés de sang sont devenus spectacles, ou bien encore les jours où Paris enterre un de ses grands hommes.

Jugez-en.

LIV

L'ENTERREMENT D'UNE CÉLÉBRITÉ

On lit dans les journaux :

« La littérature vient de faire une nouvelle perte. Nous
« avons la douleur d'annoncer la mort de M. Ernest Robineau,
« homme de lettres et auteur dramatique, décédé à l'âge de
« quarante-sept ans.

« Ses obsèques auront lieu demain. On se réunira à la
« maison mortuaire.

« Les personnes qui n'auraient pas reçu de lettre de faire
« part sont priées de considérer le présent avis comme une
« invitation. »

1. — LA VEILLE. — *Dans un café.*

Quatre joueurs, des confrères du défunt, se livrent aux charmes d'une partie de dominos. Survient un cinquième personnage.

— Eh bien! vous savez la nouvelle. Chose est mort.

— Qui ça, Chose ?

— Robineau donc ! On ne parle que de ça sur le boulevard.

— Ah ! bah ! Du six et du deux..... je boude..... pauvre garçon !

— De quoi est-il mort ?... Deux partout !

— On dit d'une fluxion de poitrine.

— D'abord il n'avait pas les poumons solides. On avait beau lui conseiller de se ménager. Voilà ce que c'est ; il voulait tout accaparer, et ma foi !... Un joli quatre.

— C'est égal, c'est un grand malheur.

— Je crois bien... un excellent cœur... Faites donc attention, mon partenaire. On vous demande du blanc et vous me le bouchez.

— Comment ! je le bouche... On ne peut pas jouer de ce qu'on n'a pas.

— Laissez donc, vous n'êtes qu'une mazette.

— En attendant, quand nous jouons à deux, je vous en montre de cruelles.

— Toi !... peuh !... Cinq et as... Pauvre Robineau ! Cela me fait quelque chose tout de même.

— Et à moi aussi. Il avait du talent... Le double trois.

— Je l'avais rencontré avant-hier ; c'est-à-dire, non... samedi... Ce que c'est... Encore mon blanc bouché. C'est un parti pris.

— Dieu ! quel être ! Puisque je ne peux pas faire autrement.

— Pourquoi ne vous montrez-vous pas vos dés ? ce serait plus simple.

— Bon! à l'autre!... Vous êtes tous des... par respect pour les cendres de Robineau j'ajourne l'épithète. Et quand l'enterre-t-on?

— Demain, à onze heures.

— Le diable soit. J'ai justement à déjeuner à midi. J'irai toujours un moment. Mon habit noir me servira à deux fins. A qui poser?

— A moi!

— Toute la soirée!

— Parbleu!... Double six!... Moi aussi j'irai... Ce bon Robineau!

UN BOURGEOIS qui d'une table voisine a écouté la conversation : — Pardon, messieurs, n'est-ce pas du célèbre Robineau que vous parlez?

— De lui-même, monsieur.

— Il est mort?

— Le bruit en court, mais il ne faut jamais croire que la moitié de ce qu'on dit.

— Savez-vous où on l'enterre ?

— Aux îles Marquises.

— Il avait donc des parents dans ces contrées lointaines?

— Non, monsieur, c'est un vœu que sa marraine avait fait pour lui.

— Messieurs, je vous remercie. (A part.) Aux îles Marquises! Il n'y a que ces gens de lettres pour avoir de pareilles idées... Je tâcherai de voir partir le cortége au chemin de fer.

II. — LE JOUR. — *Avant le départ du convoi.*

Des écrivains, des artistes, des gens du monde, des parents, des amis, des indifférents, des curieux sont attroupés sur le trottoir.

Toutes les fenêtres voisines sont garnies de spectateurs et de spectatrices.

UN JOURNALISTE se faufilant dans les groupes le carnet à la main. — Un tel, un tel, un tel... déjà soixante-deux noms connus, mon compte-rendu se trouvera presque tout fait... Quel est donc ce petit décoré? Je connais cette figure-là... (Appelant un ami.) Dis donc, Jules?

— Tiens, c'est toi! Ça va bien? Ce pauvre Robineau!

— Il ne s'agit pas de cela. Dépêche-toi de regarder ce petit monsieur qui va entrer dans la maison mortuaire. Le connais-tu?

— C'est le docteur Leblond.

— Merci!

— Étais-tu lié avec ce pauvre Robineau, toi?... Moi, j'étais son intime.

— Oui... très-lié... Pardon de te quitter, voici une nouvelle bande d'arrivants et je cours en faire l'inspection.

— Un seul mot! tu n'oublieras pas de mettre mon nom sur ta liste. Ce n'est pas que j'y tienne, mais le monde est si niais... un peu de publicité ne nuit jamais.

DEUX JEUNES EMPLOYÉS qui aspirent aux palmes littéraires, causant :

— Nous avons joliment bien' fait de venir.

— Tout Paris est ici.

— Appelle-moi donc par mon nom tout haut devant ce journaliste, il m'inscrira peut-être.

— A charge de revanche.

QUELQUES AMIS DU DÉFUNT, dialoguant :

— Ce n'est pas parce qu'il était mon ami, mais la France perd là une de ses illustrations.

— Illustration est un peu vif.

— D'accord ! il a parfois sacrifié l'art au métier. Que voulez-vous ! Le siècle est aux écus.

— Son style n'était pas des plus châtiés. On composerait un fort volume de toutes ses fautes de français.

— N'importe, c'était, comme homme privé, un modèle.

— On ne pourrait lui reprocher qu'une chose : ce serait d'avoir été trop intéressé. Il prenait les trois quarts des droits dans les pièces.

— Où souvent il n'apportait que la signature.

— Témoin celle que nous avions commencée et qu'il laisse en plan. Je n'ai pas de chance. Il aurait dû attendre pour mourir qu'elle fût reçue.

— Attention ! les parents !

— Ah ! monsieur, si vous saviez combien nous nous associons à votre deuil, nous et toute la nation intelligente ! Nous cherchions en vain à lui trouver un défaut.

DANS UN GROUPE D'INDIFFÉRENTS :

— Eh ! bonjour, cher monsieur !

— Par quel hasard ?

— J'adore les convois célèbres.

— Absolument comme moi! On aime à se frotter à l'élite de
la génération.

— Moi, ce sont les discours qui m'intéressent.

— Et puis avant de déjeuner, un tour de promenade... Là
où ailleurs, — puisque nous devons tous finir.

— Si j'ai le plaisir de vous retrouver après la cérémonie,
je vous inviterai à goûter d'un certain rhum que je viens de
recevoir; ma femme sera enchantée de vous voir.

— Et moi honoré de lui rendre mes devoirs.

— C'est entendu.

A UNE FENÊTRE :

— Madame Bonnard a eu bien tort de ne pas venir. Se
serait-elle amusée, elle qui raffole des romans et des ro-
manciers.

Le char est assez mesquin pour un convoi pareil.

— Avez-vous remarqué comme ces gens de lettres sont mal
mis en général.

— Un genre qu'ils prennent pour se distinguer.

— Regardez-donc celui-là avec toutes ses croix.

— Dire que, de son vivant, il faisait des romans si comiques
et que maintenant.....

— Je vous en prie, monsieur Léonce, ne nous donnez pas
d'idées noires, cela nous ôterait l'appétit, et le déjeuner va
être prêt.

— Ah! on se met en marche.

L'APPARITEUR DES POMPES FUNÈBRES. — Place au cortége,
Messieurs, place au cortége!

III. — PENDANT LA MARCHE DU CONVOI.

DIVERS INTERLOCUTEURS :

— Mon cher, tant que tu voudras, mais il a bien fait de s'en aller ; il baissait ! il baissait !

— Serait-il content de se voir tant de monde à son enterrement, lui qui était si vaniteux !

— Pas mauvais, le calembour. Je parie que tu n'oses pas l'imprimer.

— J'attendrai huit jours, par égard pour le respect qu'on doit aux morts.

— Allons ! bon ; voilà qu'il pleut ! Et pas de parapluie ! Toutes les fois que je suis de corvée pour une connaissance je suis pincé !

— Avez-vous assisté à la soirée de la comtesse de *** ?

— Non. Était-ce bien ?

— Un buffet splendide. Des truffes grosses comme le poing.

— Prenez garde. Les truffes sont à redouter ; la vie, vous le voyez, est si fragile !

— Qui tient les cordons du poêle ?

— Le vieux X..., le père R... et deux autres que je ne connais pas.

— Le vieux X... En voilà un qu'on ne regrettera pas.

— Qu'avez-vous donc, vous paraissez bouleversé ? Le fait est que la perte d'un ancien ami...

— Ne m'en parlez pas... De maudits cors au pied.

— Avançons donc pour nous mettre avec les gens de lettres.

— N'oubliez pas, à la sortie, mon fameux rhum. Ma femme sera enchantée...

— Et moi honoré!...

DEUX GAMINS, regardant le défilé :

— Que ça de monde! Excusez! Au moins un agent de change ou un épicier en gros.

— Ce n'est pas toi qui feras courir comme ça à tes funérailles.

— Pas sûr! Si maman m'avait mis au collége...

UN MONSIEUR EN CRAVATE BLANCHE. — Mon Dieu, où ai-je fourré mon discours? je l'avais placé dans ma poche avec mes lunettes... Mon Dieu! mon Dieu!... Le voilà!... Quelle peur j'ai eue!... Il était temps; — le cimetière !

IV. — AU CIMETIÈRE.

Deux discours sont prononcés.

Le premier — genre pompeux :

« Ah! messieurs, nous pouvons le proclamer; car on ne doit à la mort que la vérité, jamais génie plus sublime, cœur plus angélique, imagination plus féconde, caractère plus héroïque...

« Grand Robineau! tu manquais au Panthéon des gloires nationales! Ta place y était marquée d'avance! Ton immortalité a commencé! »

Le second — genre pointilleux :

« Il faut bien en convenir, messieurs, l'imagination manquait à Robineau. Pour réussir, il eut à vaincre bien des obstacles : un esprit rebelle au travail, un manque d'études premières ; — son mérite n'en est que rehaussé !

« Aussi jetterons-nous un voile sur les défauts de caractère qui obscurcirent l'éclat de son succès. Qui de nous peut atteindre à la perfection ?

« Sans briller au premier rang, Robineau ne sera jamais déplacé au second !... »

Après ces harangues, la foule se retire en conversant :

UN CROQUE-MORT. — Pas de coups de fusil ! Je croyais qu'il était capitaine de la garde nationale.

LE JOURNALISTE. — Peut-on prononcer des discours attendris quand on parle du nez !

— Un chapeau neuf perdu !... J'en étais sûr...

— Venez-vous, cher monsieur ? c'est le moment de déguster ce fameux rhum. Ma femme sera...

— Et moi honoré !

UN PHILOSOPHE. — Quand je pense que, dans ces désolés-là, il y en a au moins trente qui ont déjà sollicité sa succession à la *Revue des Deux-Mondes*.

ÉPILOGUE.

SIX MOIS APRÈS.

On relit dans les journaux du début, — article critique :

« ...En un mot, Robineau fut le type accompli de la nullité parvenue. Pas une ligne ne lui survivra. Place aux jeunes ! »

LV

LES PLAISIRS DOMESTIQUES

Vous connaissez l'apologue raconté par Boileau sur le ompte de Pyrrhus et de Cinéas.

Conseiller très-sensé d'un roi très-imprudent.

— J'irai... je ferai... je conquerrai... Puis je me reposerai, dit Pyrrhus.

— Eh ! pourquoi ne commencez-vous pas dès à présent par là? lui répond Cinéas.

Je crains bien pour Paris qui s'amuse que vous ne soyez de l'avis de Cinéas. Effrayés par la nullité de ces plaisirs qu'on va chercher si loin, vous êtes tentés, je gage, de vous écrier, vous aussi :

— A quoi bon tant de peine ? Braves Parisiens, rentrez donc tout bonnement chez vous, ou, — ce qui serait encore plus simple, — n'en sortez pas et savourez les solides jouissances de la vie de famille.

Hélas ! la vie de famille ! un souvenir, une ombre, un remords.

J'ai déjà, chemin faisant, versé une larme sur cette décadence. Elle me paraît irrémédiable.

Est-ce la faute du mari ? est-ce la faute de la femme ? Je crois que c'est la faute du mariage, tel que l'a fait notre époque.

Où sont les époux assortis ? Et comment pourraient-ils l'être ? A peine s'est-on vu avant de dire : *oui ;* ce qui fait qu'on ne peut plus se voir quand il est trop tard pour dire : *non.*

Proposez aux femmes le tête à tête intime, parlez-leur du charme recueilli de la soirée passée devant l'âtre qui pétille, au bruit discret du balancier qui tictaque, pendant que l'épouse brode, que le mari lit tout haut, que l'enfant sourit aux crépitements de la bûche. Elles vous répondront raouts, spectacles, importuns, épaules décolletées.

C'était doux et exquis pourtant.

Parfois la lecture s'interrompait, l'aiguille restait en suspens et l'on entendait courir un baiser qui, en passant des lèvres du père à celles de la mère, de celles de la mère aux joues de l'enfant, semblait chuchoter l'antique phrase : *Petit bonheur vit encore !*

Ce sont là des poèmes qui n'ont plus de traductions.

Ou si d'aventure quelqu'une des femmes de 1861 est restée fidèle à ce culte de la maison, à celle-là échoit le mari, comme il y en a trop ; le mari taillé sur le patron de mon ami Duflanchard, dont il faut que je vous raconte l'histoire.

LVI

LA MAITRESSE ET LA FEMME

I

L'autre soir, — il pouvait être cinq heures, — je parcourais, histoire de faire provision d'appétit, l'asphalte du boulevard, lorsque je vis venir à moi mon ami Duflanchard.

— Eh ! bonjour, cher ami, quel heureux hasard...

— Vous êtes bien bon.

— Parbleu ! je ne vous lâche pas.

— Ce brave Duflanchard !

— Non, je ne vous lâche pas... Il y a assez longtemps que nous ne nous étions rencontrés... Un véritable siècle ! Quand je pense que depuis j'ai eu le temps de me marier, — car je suis marié... C'est dit, vous venez dîner avec moi.

— En vérité, je ne sais si je dois...

— Des cérémonies... Prenez mon bras et bien vite. Justement on m'attend chez certaine dame...

— La vôtre ?...

— Chut! ne dites pas de ces choses-là... On se marie pour avoir le plaisir de faire l'aventure buissonnière... Une adorable petite créature! vous verrez... Grand Dieu! cinq heures dix! Courons, mon ami... Alexandrine est la plus aimable des femmes, mais elle n'aime pas à attendre... Heureusement, c'est à deux pas d'ici.

Et Duflanchard m'entraînant malgré moi se mit à arpenter de toute la vitesse de nos jambes la rue du Faubourg-Montmartre.

De cinquante pas en cinquante pas, il tirait sa montre et grommelait avec inquiétude :

— Cinq heures et quart... Cinq heures vingt-deux... Cinq heures vingt-six... Que va dire Alexandrine!... Enfin! nous y voilà!

Le visage de Duflanchard, au moment où il franchissait la porte-cochère, changea subitement...

Le sourire s'éteignit sur ses lèvres, la voix s'éteignit dans son gosier... ses traits revêtirent une expression de soumission craintive.

— Prenez garde de crotter l'escalier... le portier d'Alexandrine se plaindrait et c'est sur moi que cela retomberait... Essuyez bien vos pieds au paillasson... C'est ici... Laissez-moi parler...

Duflanchard en disant ces mots tira avec précaution la sonnette. Il me sembla même que sa main tremblait.

— Ah! ah!... vous voilà! vous! glapit une sorte de virago qui nous avait ouvert la porte... Quelle heure est-il?

— Mais, bichette...

— Quelle heure est-il?... Cinq heures et demie, et vous

aviez promis de venir à cinq heures... Monsieur aura été courir la pretentaine pendant que je me morfondais...

— Encore une fois!...

— Taisez-vous, vous n'êtes qu'un libertin! Et par dessus le marché on m'amène un étranger à dîner..., un homme que je ne connais pas... un de vos compagnons de fredaines, sans doute.

— Mon ami est...

— Votre ami!... je le prends à témoin. — Est-il permis, monsieur, avec un physique pareil et quarante ans d'âge, de faire poser les gens?... Et il faudrait préparer des plats sucrés à monsieur!... On t'en donnera des plats sucrés...

— Ma bonne chérie...

— Assez! Une autre fois, quand vous voudrez dîner, vous serez exact. — Bonsoir!

Et la virago referma brusquement son huis au nez de Duflanchard qui frémissait de tous ses membres...

— Drine, ma petite Drinedrine! essaya-t-il de crier par le trou de la serrure.

— Allez au diable! répondit du dedans la voix courroucée de l'adorable créature.

— Mon Dieu, mon cher, je suis désolé, marmota Duflanchard consterné, c'est la meilleure des femmes, comme je vous l'ai dit; seulement... c'est ma faute, mon ami... j'étais positivement en retard... Excusez-moi, je la connais... si je l'exaspérais, elle ferait un malheur... Mais ce qui est différé n'est pas perdu. On ne dîne chez moi qu'à six heures... Je ne vous quitte pas.

II

Une fois dans la rue, Duflanchard me parut reprendre peu à peu son assurance. Il faisait le beau, lorgnait les femmes, s'arrêtait aux étalages pour regarder les demoiselles de boutique...

— Duflanchard, il est six heures et demie, objectai-je en le voyant faire une nouvelle halte devant une parfumeuse qui portait sur son visage des échantillons de toute sa boutique.

— Six heures et demie... La belle affaire ! Avez-vous une faim si impérieuse ?

— Ce n'est pas pour cela, mais vous m'avez dit, je crois, qu'on dîne chez vous à six heures.

— On dîne quand il me plaît de dîner... Je voudrais bien voir...

Plus Duflanchard approchait de son domicile, plus l'aplomb lui revenait.

En entrant dans sa rue, son chapeau s'était mis de lui-même sur le coin de l'oreille.

— Arrivez donc, cria-t-il en faisant résonner ses talons sur les marches de l'escalier.

Et d'un vigoureux coup de sonnette il ébranla les échos de la maison.

Une jeune femme à l'air timide et doux accourut ouvrir.

— C'est toi, mon ami !... Je ne t'attendais plus.

— Comment, morbleu ! depuis quand se permet-on de ne plus m'attendre ?

— Il est si tard !

— Si tard ! N'allez-vous pas me faire une scène. Vous savez, madame, que je ne supporte pas les observations.

— Je n'en fais aucune, mon ami... Seulement je suis... Mon Dieu ! mon Dieu ! figure-toi que j'ai cru que tu ne viendrais pas...

— Sacrebleu !... Voilà qui est trop fort !

— Je regrette bien...

— Je me moque pas mal de vos regrets.

— J'achevais de dîner, mais on peut faire réchauffer.

— Il ne manquerait plus que cela ! des rogatons !... Vous allez me donner à manger vos restes, maintenant... Madame ! madame !... cela ne peut se passer comme cela. Sans la présence de mon ami, nous aurions une explication décisive... Venez, mon cher ; puisqu'on nous renvoie, puisque je ne suis plus le maître ici, puisqu'on me force à aller dîner au restaurant...

— Gustave ! je t'en prie, fit la pauvre femme avec une larme au bout des cils.

— Silence, madame. Nous nous reverrons ce soir !

Sur cette sortie tragico-burlesque, Duflanchard tira la porte à la briser et redescendit en sifflotant triomphalement un air de polka.

III

— C'est égal, mon cher, me dit Duflanchard quand nous fûmes installés au restaurant, avouez que c'est une charmante créature.

— En effet, vous avez eu tort de brusquer votre femme.

— Ma femme! allons donc! c'est de ma maîtresse que je vous parle.

— C'est juste, j'aurais dû le deviner!

IV

Tous les Duflanchards se ressemblant, que vouliez-vous que devinssent la vie de famille et les plaisirs domestiques?

LVII

LA BOÎTE DE PANDORE

Quand le diable devient vieux, il se fait ermite.

Un livre qui tire à sa fin a bien le droit d'être sérieux — dans ses dernières pages.

Donc, voici le sac vidé, — et l'inventaire n'est pas des plus édifiants. Mais au fond de la boîte de Pandore était enfouie l'espérance; au fond de sa boîte à plaisirs, Paris cache la charité.

Ce plaisir, ceux qui le goûtent ne me pardonneraient pas de vous en divulguer les douceurs.

Leurs joies sont comme leurs bienfaits, — elles aiment l'incognito.

Avant de condamner Paris, rappelez-vous seulement qu'une obole donnée au malheureux compense bien des louis prodigués aux trop heureuses, rappelez-vous. . . . .

Je m'arrête, car j'entends d'ici un gandin prétendre que je *vends mon piano;* — et il ne faut pas, dans un livre intitulé *Paris s'amuse,* que le nom de cet instrument soit même prononcé !

LVIII

LES PLAISIRS NÉGATIFS

CONCLUSION

Et comme je cherchais une conclusion, il me sembla entendre la voix d'un de mes lecteurs m'apostropher avec colère.

— Par la sambleu! monsieur, je vous trouve un plaisant homme.

— Puisque vous empruntez, monsieur, les exclamations d'Alceste *aux rubans verts*, permettez-moi de vous répondre en son langage que, — par modestie,

> ....Je ne croyais pas être
> Si plaisant que je suis.......

— Plaisant, monsieur, a plus d'une signification. J'ai voulu dire simplement que je vous trouvais singulier de venir étaler sous nos yeux toute une série de plaisirs que l'argent seul peut donner.

— C'est là malheureusement une vérité que je constate sans l'avoir faite.

— Si bien que les pauvres diables n'ont, d'après vous, à Paris, qu'à trépasser d'ennui.

— Arrêtez, monsieur. Il est avec l'ennui des accommodements, et vous me rappelez justement que j'allais oublier sur ma liste les *plaisirs négatifs*.

— Je ne saisis point.

— Tant mieux ! j'aurai le mérite de vous les révéler. Les plaisirs négatifs sont la ressource du philosophe. Avec eux pas de gros déboursés, pas un brin de fatigue.

Vous savourez, sans bouger, des journées entières d'agrément.

— Vous m'intriguez.

— Voici le secret en deux mots. Il suffit de partir d'un principe de haute sagesse, d'après lequel quiconque échappe à un malheur doit s'écrier : Quel bonheur !

— Irréprochable de logique, jusqu'ici.

— Le principe admis, la pratique est des plus aisées. Voici par exemple un emploi de votre journée que je vous recommande.

— Je suis curieux...

— Et que je vous conseille de mettre en pratique dès demain.

***

NEUF HEURES DU MATIN. — Vous réveiller et penser qu'un importun aurait pu, dès l'aurore, venir carillonner à votre porte ; savourer la joie que vous cause la pensée d'avoir esquivé ce péril.

DIX HEURES. — Vous habiller et vous raser avec un rasoir

qui ne coupe pas. Bénir cet incident, car, si le rasoir coupait, il vous eût peut-être tranché la tête.

Onze heures. — Déjeuner avec la plus grande frugalité, mais tandis que vous consommez votre petit pain, vous procurer des bonheurs ineffables en vous disant que les truffes auraient pu vous causer une indigestion.

Midi. — Ne pas prendre de demi-tasse, mais jubiler en songeant qu'au café vous auriez sans doute rencontré un ami et perdu cent sous à l'écarté.

Une heure. — Ne rien faire, mais vous en féliciter en réfléchissant aux souffrances de ceux qui, à la même heure, présentent un article au directeur de la *Revue des deux mondes*.

Deux heures. — Continuation de la précédente oisiveté. Vous frotter les mains à l'idée que des malheureux passent l'examen du baccalauréat.

Trois heures. — Vous mettre à la fenêtre, après avoir constaté que vos bottes sont dans un état de délabrement qui ne vous permet pas de sortir. Etre au comble de l'ivresse en supputant le nombre de coups de soleil et d'accidents de voitures auxquels vous échappez probablement.

Quatre heures. — Sentir une faim violente et savoir que votre dîner ne sera prêt qu'à six heures. Etre charmé en vous rappelant que les heureux du monde n'ont, en général, pas d'appétit.

Cinq heures. — Redoublement de la faim et redoublement du plaisir pour les raisons ci-dessus exposées.

Six heures. — Dîner aussi frugal que le déjeuner. Extraire un plaisir de cette frugalité en priant pour les victimes qui dînent à 32 sols.

SEPT HEURES. — Continuer à rester chez vous dans le désœuvrement. Déguster une volupté poignante en vous représentant les tortures des infortunés, fourvoyés à la représentation d'une tragédie.

HUIT HEURES. — Vous apercevoir que vous n'avez pas de lumière. Etre transporté par ce contre-temps qui vous met à l'abri de l'incendie et de la lecture du journal du soir.

NEUF HEURES. — Vous coucher et ne pas pouvoir vous endormir. Remercier la Providence en supposant que vous échappez à un affreux cauchemar.

———

— Maintenant, lecteur misanthrope, êtes-vous satisfait ?

— Mais c'est une invention précieuse que celle-là.

— Dame !... Plus souvent que vous ne le pensez, Paris la met en pratique et ne s'amuse que négativement.

— N'importe, je vous réitère que l'invention est méritoire et que j'en profiterai.

— Vraiment ! Eh bien, pour m'en remercier, daignez me faire l'application de mon propre système. Trouvez mon livre charmant en songeant que, — pendant le temps que vous a pris cette lecture,—vous auriez pu vous casser une jambe — ou vous faire arracher une dent.

FIN.

TABLE DES MATIÈRES

FIN DE LA TABLE

Imprimé par Charles Noblet, rue Soufflot, 18.

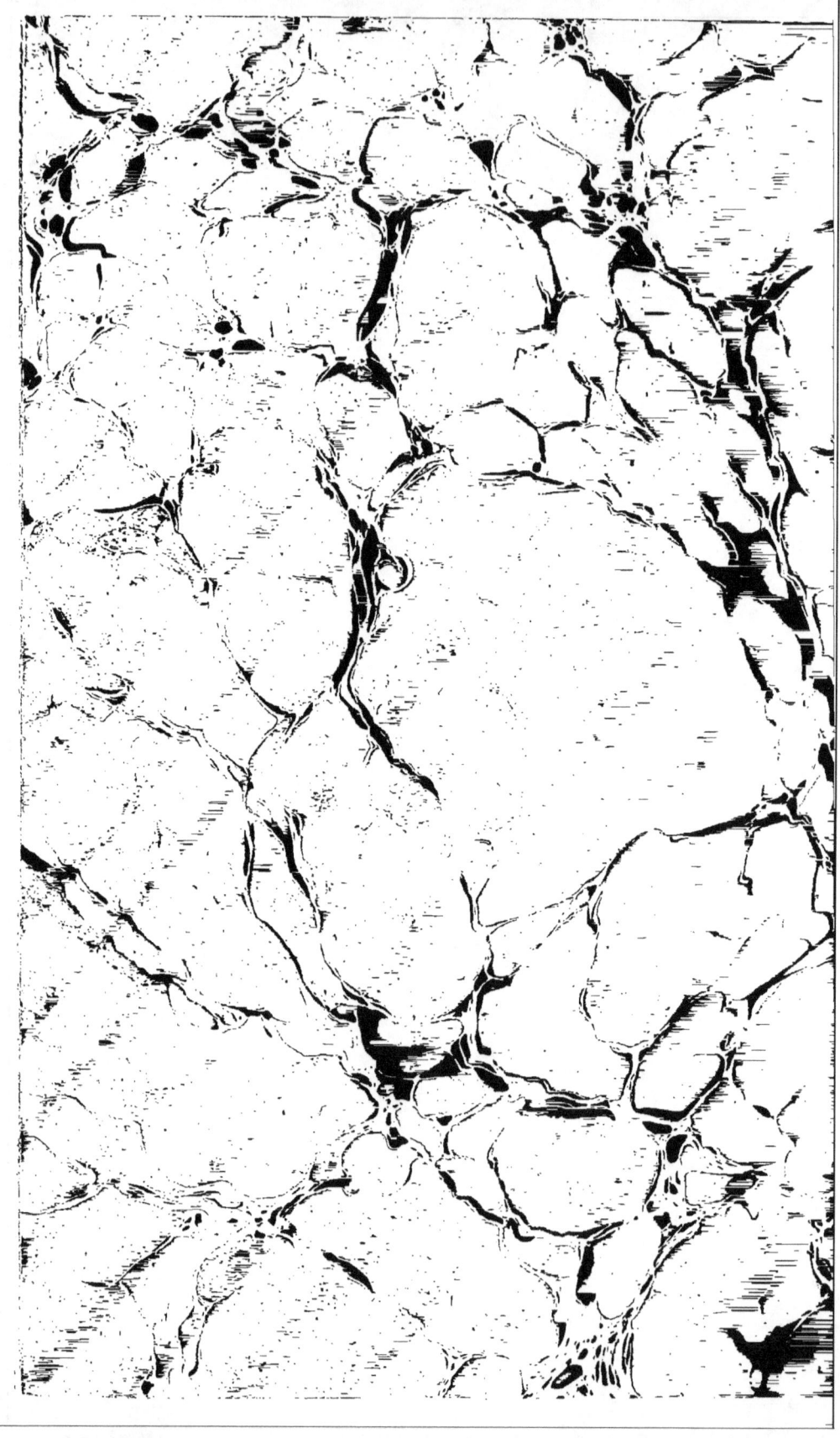

www.ingramcontent.com/pod-product-compliance
Lightning Source LLC
Chambersburg PA
CBHW071904020726
47502CB00003B/897